걷다가 앉다가
보다가, 다시

걷다가 앉다가 보다가, 다시

2022년 6월 10일 초판 인쇄 · 2022년 6월 23일 초판 발행 · **지은이** 김진우
펴낸이 안미르 안마노 · **기획** 문지숙 · **편집** 김소원 · **디자인** 김민영 · **일러스트레이션** 김승환
영업 이선화 · **커뮤니케이션** 김세영 · **제작** 한영문화사 · **종이** 아르떼 UW 230g/m²,
아도니스러프 화이트 76g/m², 백상지 120g/m² · **글꼴** 산돌 라바

안그라픽스
주소 10881 경기도 파주시 회동길 125-15 · **전화** 031.955.7755 · **팩스** 031.955.7744
이메일 agbook@ag.co.kr · **웹사이트** www.agbook.co.kr · **등록번호** 제2-236(1975.7.7)

이 책은 2020년도 건국대학교 교내 연구비를 지원받아 제작하였습니다.

ISBN 979.11.6823.013.2 (03810)

걷다가 앉다가
보다가, 다시

김진우

안그라픽스

앉음은 멈춤이다. 속도는 줄고 귀는 열린다.
시선은 정갈하게 무언가를 향한다. 앉아서
봐야 비로소 보이는 것이 있다. 앉을 수
있는 도시, 앉을 수 있는 공간, 앉을 수 있는
자리가 많아야 사람들은 모인다. 사람들이
모여야 재밌는 일이 생긴다. 살 만해진다.

스마트폰 속으로, 안으로 숨지 말고
밖으로 나가자. '거리두기'와 '격리'는
하늘과 땅 차이다. 팬데믹 상황에서도
사람들은 인기척을 느끼고 싶었다.
넓고 트인 곳에 앉을 곳을 많이 만들자.

내가 앉고 싶은 그곳,
그곳에 앉은 사람들의 이야기

한동안 내 눈에는 의자만 보였다. 덴마크에서 공부했던 스칸디나비아 모더니즘 의자, 디자인 역사 속에서 시대의 사조를 대변하는 의자, 종교 집단에서 만든 무명씨의 의자, 예술품인지 제품인지 헷갈리는 의자까지. 그 시간이 어느 정도 쌓이자 이제 그곳에 앉아 있는 사람이 보였다. 사람이 보이자 의자는 오히려 시야에서 사라졌다. 앉지 않는 사람은 없다. 앉지 못하는 상황이 있을 뿐이다. 사람들은 끊임없이 앉기 좋은 곳을 찾고 비교하며 선택한다. 관점과 이유도 천차만별이다. 나는 한동안 의자 대신 '앉는 사람들'에 집중했다. 그러자 사람, 공간, 건축, 도시가 새롭게 보였다.

이 책의 내용은 크게 두 갈래다. 1부는 앉아 있는 사람들의 이야기다. 사람들이 좋아하는 '앉는 곳' 중에는 디자이너의 손길이 닿은 적 없고 애초에 앉는 용도로 만들지 않은 것도 많다. 그곳에 앉은 사람들은 각자의 이유로 행복해 보였다. 그 모습을 보며 좋은 디자인이란 무엇일까 생각한다. "일상의 행동을 모자람 없이 돕고 있는"(『내일의 디자인』, 하라 켄야 지음, 이규원 옮김, 안그라픽스, 2014, 51쪽) 소박한 디자인을 존중했던 야나기 소리柳宗理의 철학이 새삼스레 다가온다. 우리 디자이너도 그런 물건에 관심을 가져 보면 어떨까? 거창한 무언가도 좋지만 매일 만나고 사용하는 것에 우리의 능력을 발휘해 보면 어떨까 하는 생각이 들었다. 늘 만나는 사람과 물건의 수준이 내 행복의 질을 결정하니까.

대중교통수단에 관한 이야기에서는 이동권 문제를 다루지 않을 수 없었다. 여전히 많은 사람이 대중교통수단에 접근조차 할 수 없다. 버스, 지하철, 기차의 디자인과 시스템은 놀라운 속도로 눈부시게 발전했는데, 그 과정에서 우린 유니버설 디자인, 인클루시브 디자인을 놓쳤다. 와이파이가 연결되고 좌석에서 히터가 나오고 냉난방의 세기를 선택할 수 있다 해도 내 주변에 휠체어 탄 승객이 보이지 않는다면 질문해 봐야 한다. 우리 대중교통수단에서 '대중'은 누구인가?

2부는 내가 앉아서 바라본 건축과 도시의 기록이다. 오랫동안 나는 무엇이든 빨리, 대충 훑어보느라 정신이 없었다. 영화나 책 속 행간의 의미를 진득이 탐닉하지 못하고 요약본만 찾아 읽은 셈이다. 고해상도의 디지털 자료가 손바닥 위에서 넘치는데 직접 보러 간 기회에 그렇게 널뛰듯 해치우는 여행은 의미가 없다. 작정하고 속도를 늦췄다. 그러자 내가 사랑했고 즐겨 찾던 유명 건축가의 건물과 도시가 새롭게 보였다. 그들 주변에는 앉을 곳이 있었다. 천천히 다가와 머물다 가라고 이야기한다. 거기서부터가 시작이라고 말한다.

COVID-19(이하 코로나19)와의 싸움은 예상보다 길고 복잡했다. 코로나19가 부자와 가난한 자, 선진국과 후진국을 동시에 강타했지만 이를 견디는 시간과 상황은 공평하지 않다. 섬 하나를 통째로 사서 들어간 갑부와 반지하 세입자 간의 극단적 비교가 아니더라도 집에서 인터넷 강의를 들어야 하는 아이가 하나인 집과 둘인 집이 겪는 일상은 하늘과 땅 차이이다.

우리는 언제까지 개인 공간에 '격리'될 수 있을까? 결국 안전하고 쾌적한 공공 공간, 옥외 공간이 우리 집 거실을 대체할 수 있어야 한다. 유학이라는 특별한 기회를 누렸으나 유학생으로서의 하루하루가 가난할 수밖에 없었던 나도 와인과 함께 뉴욕 센트럴파크의 열린 음악회를 감상했고, 지금은 사라진 세계무역센터 인근 공원에서 낮잠을 즐겼다. 그 시간만큼은 파크 애비뉴의 사람들이 부럽지 않았다. 기쁨과 만족감은 내가 더 컸을지 모른다. 가난과 결핍은 전혀 다른 개념이라는 것을 그때 알았다. 자본주의 국가에서 개인의 사유 재산인 집에는 차이와 차별이 존재하지만, 공공 영역에서는 그것이 최소화되어야 한다. 유학 시절의 내가 경험했듯이 누구에게든 활짝 열려 있어야 한다.

이름만으로도 책의 내용과 만듦새를 신뢰하게 해 주는 출판사에서 두 번이나 책을 낸다는 건 행운이다. 저자보다 섬세한 안목으로 큰 그림을 그려주는 기획자 문지숙과의 관계가 사우師友로 발전하는 건 내 인복이다. 첫 책의 인연으로 다시 뭉친 디자이너 김민영 님, 편집 기간 내내 따뜻하고 차분한 태도로 삐걱거리는 문장을 잡아 세워 준 편집자 김소원 님, 글이 미처 닿지 못한 상상의 영역에 생기를 불어 넣어 준 일러스트레이터 김승환 작가 덕분에 출간에 이르는 마지막 고비를 무사히 넘겼다. 빈 말씀 잘 안 하시는 어머니가 내 첫 책을 읽으신 후에 해 주신 긍정의 언어는 두 번째 집필의 자양분이 되었다. 아직까지 나의 가장 빈번한 여행 파트너인 사랑하는 딸과의 교감, 초고를 읽어 주신 은사님과 친구의 응원, 글쓰기의 단짝 친구인 음악과 스피커를 선물해 준 지인의 존재가 게을러질 때마다 나를 일으켜 세웠다. 그뿐이랴. 노트북 커서가 제자리걸음을 할 때마다 눈을 마주쳐 준 고양이들의 숨결, 선인

장도 죽이던 내 손에서 3년째 살아 준 포인세티아의 자태, 거기에 내가 인식하지 못하는 사이 나를 스쳐 간 누군가의 말과 몸짓이 합쳐져 한 권의 책이 되었다.

더불어 나와는 일면식도 없지만 종이를 자르고 인쇄기와 제본기를 돌리고 책을 포장해 서점으로 옮겨 주실 분들, 트럭을 운전해 주실 분들, 택배 기사님들의 노고와 시간까지 보태진다. 너무 소중하다. 탈고 후 다시 보니 결국 이 책은 나 자신에게 좀 천천히 사는 연습을 하자고 말한다. 많이 보는 것보다 나를 움직이게 하는 것을 보는 게 중요하다고, 먼 길 떠난 여행일지라도 그 과정에서 발견해야 하는 것은 타지, 타인이 아닌 나 자신이라고 말한다. 그 언어와 문장들이 책이 되고 싶다며 내 몸 여기저기에서 보챘다. 나의 속도와 시선에 공감하는 분들이 재밌게 읽으셨으면 좋겠다. 이 책 덕분에 내 속도와 시선에 공감하는 분들이 생긴다면 그것도 기분 좋은 일이다.

내가 앉고 싶은 그곳,
그곳에 앉은 사람들의 이야기   6

앉아 있는 사람을 보다

1장   의자 대신 그곳에 앉다

전동 청소기 대신 앉은뱅이 의자   20

세월을 견딘 남대문 시장의 월동 의자   24

김장할 때는 어떤 의자가 좋을까   30

욕실에 플라스틱 의자가 등장할 때   36

스터디 큐브 속에 앉아 보면   40

수해 복구 현장, 두 개의 의자   44

사하라 사막의 모래 위에서   50

2장   움직이는 것에 앉다

자전거 천국에서 발견한 평등사회   56

뉴욕 버스 안, 그곳에서 만난 일상   64

우리가 놓친 지하철의 이동권   70

기차 여행의 로망,

　영화 〈비포 선라이즈〉를 생각하며   76

비행기 좌석의 등급은 당연한가   82

크루즈의 추억, 크루즈의 상처   88

3장   제3의 공간에 앉다

팬데믹 시대 지역 카페의 변화   96

편의점이 궁금하다   102

생활밀착형 라이프스타일숍, 빨래방   108

대학 캠퍼스 안 제3의 공간   114

이토록 다양한 서점의 공존   120

도서관, 그 환대의 공간   126

앉아야 비로소 보이는 것들

1장   건축에 앉다

겸암정사에서는 바닥에 앉는다   136

클라우스 채플로 가는 길, 세 개의 벤치   142

쾰른 대성당에서 콜룸바 미술관까지   148

빌라 사보아에서 보낸 하루   154

빌바오 구겐하임을 휴먼 스케일로 바라보면   160

해안 도로에 앉아 바라본 글라스하우스   166

유모차와 함께 한 여정,

　　오사카 가이유칸 수족관   172

대학로와 김수근 건축   178

세종문화회관 앞 계단에 앉아   184

2장 도시에 앉다

누구에게나 열려 있는

　코펜하겐의 옥외 공간　192

베네치아, 가지 않는 것으로 응원한다　198

동물에게 좋은 도시

　모두에게 좋은 도시, 셰프샤우엔　202

충주 호암지의 산책로를 거닐며　206

지역화를 실천하는 재래시장　210

명동을 중심으로 한 구도심을 걷다　216

대한민국 서울, 광장의 진화　220

내가 있던 그곳,

지금 다시 이 자리에서　226

앉아 있는
사람을 보다

"우리는 누구나 먼 바다를
헤아려보는 일을 사랑한다.
하지만 해안의 예쁘장한
조약돌을 소중히 여기는 것도
전혀 초라한 일이 아니다."

『여덟 마리 새끼 돼지』,
스티븐 제이 굴드 지음,
김명남 옮김, 현암사, 2012, 605쪽

1장

의자 대신 그곳에 앉다

전동 청소기 대신 앉은뱅이 의자

엄마는 손으로 하는 비질과 걸레질을 선호하신다. 자식들이 사 드린 미제 청소기는 곧 골방 신세가 되었다. 무선의 신세계와 강력한 흡입력을 어필해도 소용없다. "뭐니 뭐니 해도 내 손으로 해야 제대로다." 하시며 쑤신 몸을 구부리신다. 다리 수술 이후 엄마의 몸은 예전 같지 않다. 청소하신 날은 여지없이 끙끙 앓아누우신다. 그래도 청소기 대신 비를 드신다.

언젠가부터 마루에 바퀴 달린 앉은뱅이 의자가 등장했다. 그 의자에 앉아 한 손에 빗자루를 들고 미끄러지듯 집안의 구석구석을 다니셨다. "이게 뭐야?" 했더니, 시장에서 우연히 발견하셨다며 허리를 구부릴 필요도, 전기를 쓸 필요도 없으니 좋다 하신다. 엄마의 움직임은 얼음 위에서 연기를 펼치는 김연아 선수처럼 능숙하고 부드럽다.

나도 앉아 봤다. 좌판의 높이가 10cm 정도다. 유연성 없는 내 다리를 구부리기에는 공간이 부족하다. 그 자세로 움직이려니 영 부자연스럽다. 바퀴 네 개가 방향을 못 잡고 덜컥거린다. "생각보다 쉽지 않네." 했더니 힘을 빼고 몸을 의자에 맡기라 하신다. 의자가 움직이는 대로 물 흐르듯 가면 된다며. 앉은뱅이 의자에 앉으니 집 안의 모든 것이 다른 각도로 보인다. 카메라 렌즈 속 피사체를 향해 자세를 낮출 때와 같다. 손에 든 비는 붓이나 망치를 들 때처럼 정신을 집중시킨다. 비를 들고 다가가니 비질을 할 대상이 구체화된다. 마루 구석, 식탁 아래, 소파 다리가 화초처럼 반려묘처럼 말을 건다. 청소기로 '웅' 소리를 내며 움직일 때는 없었던 교감이 일어난다.

청소란 본래 이런 거구나. 해치워야 할 무언가가 아니라 단순히 더러움을 닦아낸다는 의미조차 넘어서 함께 사는 물건과 교류하는 시간이구나. 그래서 선조들은 교육 현장에서 청소를 중히 다뤘구나. 그렇게 산사에서는 새벽부터 마당을 쓸었구나. 집에서 빗자루를 들어 본 기억이 아득하다. 빗자루를 사용하려면 몸을 굽히지 않을 수 없다. 구부리고 앉는 자세가 힘들어 우리는 청소기를 만들었다. 전선을 뽑았다 꽂는 것이 불편해 선마저 없앴다. 물걸레 기능을 겸한 청소기, 아예 혼자서 움직이는 로봇 청소기까지 기술과 성능의 발전은 눈부시고 빠르다. 하루가 다르게 편하고 가볍고 예뻐진다. 그사이 청소기의 가격은 훌쩍 올랐다. 대기업의 자본과 전문가의 아이디어, 디자인, 마케팅의 총합이다.

디자이너 관점에서 이 문제의 출발 지점으로 돌아가 본다. 집에서 빗자루를 사용하려면 쭈그리고 앉아야 한다. 앉는 자세는 힘들다. 이 단계에서 빗자루를 포기하지 않으면서도 자세가 힘들지 않을 방법은 없을까? 무릎을 꿇지 않고 허리를 구부리지 않아도 된다면 비질은 여전히 가능하지 않을까? 엄마의 바퀴 달린 앉은뱅이 의자는 그러한 발상의 결과다. 거대한 자본과 디자이너의 세련된 감성이 들어가지 않았지만, 무엇보다 청소가 본래 품고 있는 철학에 부합한다. 몸을 낮춰야 하고 팔과 다리를 적극적으로 사용해야 한다. 그러면 모터 소리 대신 '쓰윽 쓰윽' '싸악 싸악' 소리가 들린다.

시중에 나와 있는 앉은뱅이 바퀴 의자를 검색해 봤다. 기본형인 플라스틱 의자는 1만 원대, 인조 가죽으로 마감해서 쿠션감을 높인 의자는 2만 원대, 허리를 받쳐 주는 사양은 3만 원대로 제품군도 다양하다. 나처럼 몸이 뻣뻣한 사람을 위해 좌판 높이가 23cm인 의자도 있고, 우레탄 소재 바퀴를 사용해 소음을 줄인 것도 있다. 무거운 화분의 받침대로도 사용할 수 있다. 디자이너 관점에서 보면 조형적 세밀함과 색상의 조화가 아쉽지만 누구를 탓하랴. 이런 (하찮은) 물건은 디자이너의 영역이 아니라고 내팽개쳐 둔 결과다.

디자인은 많은 경우 인류의 문제를 해결하며 발전한다. 하나의 정답 대신 합리적이고 창의적인 답을 찾아 경쟁한다. 하지만 종종 문제 해결에 집중하다 그 본질을 잃어버리거나 더 큰 문제를 만들어낸다. 비질의 불편을 해결하려고 비질 자체를 포기한 채 스마트한 청소기로 내달려 버린 진화가 그 대표적 사례다. 앉으면 엉덩이가 아프다는 엄마에게 인조 가죽 제품을 사 드릴까 했더니 수건을 얹어 사용하면 된다고 하신다. 평범하고 일상적인 방법이지만 사용자의 경험과 지혜가 담겼다. 쉽고 단순하며, 추가적인 자원을 낭비하지 않는 해결 방법이다. 가끔은 앉은뱅이 의자와 함께 비질해 본다. 나와 나를 둘러싼 물건과의 교감 덕분에 청소가 성찰의 시간이 된다.

세월을 견딘 남대문 시장의 월동 의자

어릴 적 엄마를 따라 몇 번 남대문 시장에 간 적이 있었다. 그 중에서 유독 겨울의 시장만이 기억에 선명한 것은 바로 추위 때문이다. 초등학교 시절엔 왜 더 추웠을까? 실제 기온이 요 즘보다 낮았을 수도 있고 난방 시설이 지금 같지 않아서이기 도 하다. 입은 옷도 부실했을 것이다. 특히 학교가 추웠다. 교 실에서 집까지 단걸음에 뛰어가 엄마가 펼쳐 놓은 이불 속 아 랫목으로 미끄러져 들어가면 몸뚱이가 '저르르' 소리를 내며 녹았다. 그때 느낀 따스함은 지금도 생생하다.

남대문 시장에서 반 옥외 공간으로 나앉은 가게의 주인장 은 온몸으로 겨울과 맞서고 있었다. 머리부터 발끝까지 꽁꽁 싸맨 복장 위에 검은색 앞치마까지 둘렀다. 주인장이 사용하 는 의자도 월동 준비를 마친 모습이었는데, 어린 눈에 그들의 의자는 신기하고 놀라웠다. 주인장의 의자에는 영하의 온도, 칼바람, 눈이나 비가 내리는 날씨는 물론 하루 종일 앉고 서기 를 반복해야 하는 작업 환경을 극복하려는 아이디어가 집약 되어 있었다. 주로 작은 플라스틱 스툴의 좌판 위에 스티로폼 이나 달걀판을 쌓아 올린 다음 그 위를 다시 헌 옷으로 두둑하 게 감쌌다. 헌 옷의 색감과 질감, 그 옷에 얽힌 사연이 각자의 의자에 담겼다. 아이디어는 같지만 주인장의 솜씨, 안목, 취향 에 따라 스툴은 각양각색이었다.

작아진 아이 옷을 사용하면서 소매 부분을 그대로 살린 것 이 있었는데, 앉은 다음 허리를 한 번 더 감싸는 용도였다. 소 매를 잘라 미술 시간에 사용할 토시를 만들어 주셨던 그 시절 엄마들의 아이디어와 솜씨가 떠오른다. 좌판 주변에 꽤 두툼하게 돌돌 말려 있던 헝겊을 풀어 올려 어깨까지 걸치는 사람도 봤다. 스툴 좌판의 형태에 잘 맞게 재단한 다음 고무줄을 넣어 깔끔하게 마감한 것도 있었다. 스티로폼을 의자에 붙이지 않고 넣다 뺐다 하며 앉는 높이를 조절하기도 했다.

내 기억의 편집인지는 모르겠으나 스툴을 감싼 패브릭은 대부분 형형색색으로 알록달록했다. 흑백에서 컬러로 막 변하던 시점의 내 앨범 속 옷들도 그랬다. 그 시절 감각이었을지, 아니면 그런 옷들만이 누군가에게 물려 사용되지 못하고 의자를 위해 희생되었을지 알 수 없다.

남대문 시장 상인들이 만든 월동 의자의 다양함을 회상하다 보니, 일본 민예운동을 창시한 야나기 무네요시柳宗悦와 그의 디자인이 떠오른다. "민예란 도구 형태의 근거를 오랜 생활의 축적 속에서 찾는 발상이다."(『내일의 디자인』, 하라 켄야 지음, 이규원 옮김, 안그라픽스, 2014, 56쪽) 그는 무명의 민중이 오랜 세월 사용한 물건에는 실용적인 아름다움이 담겨 있다고 믿었다. 디자이너의 역할 가운데 하나가 바로 그 아름다움을 발견해 시대에 맞는 물건으로 발전시키는 것이다. 그가 남대문 시장 상인들의 월동 의자를 봤다면 뭐라고 했을까? 겨울철 시장에서 사용하기에 안성맞춤인 훌륭한 디자인이라 하지 않았을까.

빅터 파파넥Victor Papanek이 그의 제자 조지 시거George Seeger와 함께 만든 라디오 수신기도 생각난다. 화산 폭발의 위험에서 목숨을 지킬 수 있도록 도운 9센트짜리 수신기는 파파넥의 손을 떠난 후에도 인도네시아 원주민에 의해 형태, 색상, 마감재가 끊임없이 변화했다. 원주민은 주변에서 구할 수 있는 화려한 헝겊 조각, 조개껍데기 등으로 수신기를 자유롭게 장식했다.

수신기와 관련해서 파파넥이 그의 저서 『인간을 위한 디자인』(조재경, 현용순 공역, 미진사, 2009)에서 언급한 내용이 흥미롭다. 1966년 파파넥이 울름 조형대학Hochschule für Gestaltung Ulm에서 이 수신기를 소개했을 때 디자인 전문가는 모두 혹평했다. 못생기고 무책임한 디자인이라는 것이다. 이에 대해 파파넥은 분명히 설명한다. 라디오 수신기를 조형적으로 업그레이드하는 것은 어려운 일이 아니었지만 몇 가지 이유로 그렇게 하지 않았다고.

첫째는 가격 상승이었다. 예쁘게 단정하게 정리하는 데 필요한 비용은 기능과 상관없이 제품의 가격을 올린다. 두 번째는 보기 좋음에 대한 기준이다. 인도네시아의 문화와 정서를 알지 못하는 선진국 디자이너들이 선택한 형태와 색채가 그들에게 무슨 의미가 있을까? 파파넥은 디자인을 안 한 것이 아니라 아무것도 보태지 않음을 선택한 것이다. 마지막 이유가 중요한데, 디자이너의 행위가 생략되는 바람에 실제 사용자의 자발적 아이디어가 들어갈 공간이 생겼다. 원주민에게 수신기는 생명을 지켜 주는 필수품인 동시에 개인의 취향을 창의적으로 표출할 수 있는 도구였다.

어린 시절 겨울의 남대문 시장에서 봤던 다양한 스툴 역시 가난하지만 치열하게 삶을 꾸려 가던 시장 상인들의 흥미로운 창작물이다. 1960–1970년대 서울과 서울 사람, 남대문 시장의 역사를 담은 소중한 기록이며 흔적이다. 파파넥의 라디오 수신기와 차이가 있다면 우리는 스툴 디자이너의 이름을 모른다는 것. 당시 우리에게는 제품 디자이너라는 직업이나 직종에 대한 인식이 부족했으므로 만든 이나 만들어진 시스템을 궁금해하지 않았다. 다만 그때에도 고단한 엉덩이에 온기를 들이려는 민중의 노력이 반복적으로 이어졌을 뿐이다. 이름 없는 평범한 의자에 더해진 시장 상인들의 아이디어와 그 다양함 덕분에 남대문 시장의 월동 의자에는 세월을 견딘 실용적인 아름다움이 담겼다.

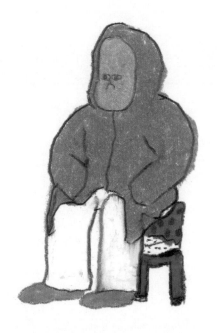

김장할 때는 어떤 의자가 좋을까

2020년 겨울 난생처음 김장을 했다. 부모님이 벌여 놓은 판에 뒤늦게 끼어 배춧속에 양념을 넣는 정도가 아니라 절인 배추를 주문하는 것에서부터 시작했다. 이번이 진짜 마지막이라 하시며 4~5년은 더 지속된 엄마표 김장이 재작년에 '진짜 마지막'이 되었다. 나는 별 아쉬움이 없었는데, 딸아이는 종종 그리움을 토로했다. 한번 해 볼까? 까짓것 못 할 거 없지 않나? 근거 없는 자신감이 생겼다. '평생 보고 자란 것도 무시 못 할 거야. 게다가 인터넷이라는 뒷배가 있잖아?'라며 김장 경험이 전혀 없는 두 명의 친구와 날짜를 잡았다.

약속한 날이 오기 일주일 전에 대책 회의를 거쳤다. 엄마의 노하우는 물론이고 연줄을 동원해 절인 배추와 고춧가루 주문처를 확보하고, 새우젓과 액젓 등 재료를 지원받았다. 세 명 가운데 한 명이 주도면밀, 근면 성실한 데다 폭풍 검색의 달인이었고, 또 다른 한 명에겐 마침 시간을 낼 수 있는 남편이 있었다. 절인 배추, 고춧가루, 무, 굴, 새우 등을 주문하고 시장 볼 목록을 작성하고 나니 벌써 김장이 다 된 것 같았다. 뭐 별거 없네 싶었다. 하지만 그럴 리가 있겠는가. 장보기를 시작하자 헷갈리는 것 투성이였다. 기껏 흙 묻은 파를 사 왔더니 집 앞 마트에 신선하게 손질된 파가 놓여 있었고, 방앗간에서 간 마늘은 죽이 되어 나왔다.

파, 마늘, 갓, 무를 씻고 다듬는 과정은 허리와 목의 통증을 불렀다. 살림을 별로 하지 않는 우리 집 부엌은 좁고 불편했다. 일거리를 일부 화장실로 옮기니 허리와 무릎을 반복적으로 굽혔다 폈다 할 수밖에 없었다. 쭈그리고 앉아 두세 시간을 넘기자, 박사 학위 이후 발휘할 일 없었던 정도의 강한 인내가 필요했다. 사전 준비를 얕잡아 본 것이다. 김장이 몸을 쓰는 일이라는 걸 간과했다. 우리의 얼굴은 잿빛이 되었다. 내일은 어떡하나? 참고로 우리의 나이는 오십 대 중반에서 육십 대 중반이다. 목, 허리, 무릎에서 질러대는 아우성으로 정형외과, 신경외과, 한의원을 수시로 드나드는 부실한 몸들이다. 몸부터 추스르자 싶어 저녁 시간쯤 일을 멈췄다.

잠이 보약이라고 다음 날 아침, 다소 밝아진 얼굴로 어제의 전사들이 다시 모였다. 인터넷에서 엄선한 레시피로 속을 만들어 배추와 함께 둥근 김장 매트에 펼쳐 놓자, 모양새가 제법 그럴듯하다. 부족할 줄 알았던 것들이 남고, 남을 줄 알았던 것들이 부족했지만 빨개진 배추들이 어느새 각자의 통에 자리를 잡았다. 둘째 날에도 관건은 쭈그려 앉는 자세였다.

나는 가로 24cm, 세로 20cm, 높이 15cm의 네모난 목욕탕 의자에 앉았는데, 시작하자마자 허리가 아팠다. 어정쩡한 높이와 이동하기 어려운 구조 때문이었다. 겨우 스무 포기라고 생각했는데 산처럼 쌓인 배추는 줄어드는 게 아니라 테트리스 블록처럼 솟아올랐다. 일어서서 허리를 펴는 주기는 점점 빨라졌다. 내 허리의 문제인가, 자세의 문제인가, 의자의 문제인가, 참을성의 문제인가. 그렇다면 김장할 때는 어떤 의자가 좋을까? 결론은, 낮고 넓은 무언가에 앉는 것이다. 그 작은 도움으로 허리 통증이 확연히 줄었다. 바닥에 앉는 자세와 서서 스트레칭하는 자세를 번갈아 반복하는 사이 생애 첫 김장의 끝이 보였다.

2021년에도 김장을 했다. 멤버는 같다. 배추는 은근슬쩍 스물여섯 포기로 늘었다. 작년의 경험을 반면교사 삼아 첫날 준비 과정에 충분한 시간을 배분했다. 가장 큰 변화는 작업 조건을 좌식에서 입식으로 바꿨다는 것이다. 집에 비해 지나치게 큰 테이블을 사는 바람에 주변의 놀림을 받았던 바로 그 테이블이 이번 김장에서는 제 역할을 했다. 길이를 연장할 수 있는 식탁을 한껏 늘린 다음 그 위에서 썰고 다듬고 버무렸다. 해결해야 할 문제가 식탁 위로 올라오니 남은 작업이 막막하지 않았다. 그래도 수시로 허리를 구부렸다 펴는 행동을 피할 순 없었지만 오랜 시간 쭈그리고 앉는 자세에서 해방되자 작업 피로도가 확연히 줄어들었다.

변압기가 필요한 투박하고 거대한 미제 믹서기도 준비했다. 갈아야 하는 재료들이 생각보다 시간과 노력을 잡아먹었던 기억 때문이다. 순식간에 산뜻하게 갈리는 마늘, 배, 사과, 생청각을 보며 생각한다. 역시 모든 작업에는 도구가 중요해. 부엌을 '실험실'처럼 설계한 100년 전 바우하우스 스승들이 생각났다. 그들의 부엌에는 체계적인 수납 시스템이 있었고, 인체 치수와 움직임에 적절한 작업대와 도구가 있었다.

우리가 담근 김치를 맛보신 어머니가 칭찬과 함께 말씀하신다. "너희도 이제 김치 사 먹긴 틀렸다." 그럴 수 있겠다. 한동안은 담가 먹게 되지 않을까. 허리는 부실한데 김치는 담가 먹고 싶다면 뭐가 필요할까? 같이 담글 친구, 친구의 남편 혹은 애인 등 우정의 네트워크, 작업 도구를 완벽히 갖춘 공간, 무엇보다 충분히 넓은 테이블과 의자가 필요하다. 평소 건강을 유지할 수 있는 다양한 행위를 병행하는 것도 좋겠다. 오랜 세월 우리 선조들의 월동 준비였던 김장은 부엌과 여성, 음식에만 한정된 일이 아니다. 가족, 이웃 간 협업과 경험의 콜라보이며 일상과 습관의 문제다.

두 번에 걸친 김장 행사 동안 대형 사고는 없었다. 나는 얼마나 더 김장을 지속할 수 있을까? 결국 '맛'이 결정하겠지만 내년에는 안 하게 되더라도 상관없다. 나는 드디어 김장 '철'이 들었다. 김장을 해 봐야 드는 철. 내가 담가 보니 무채 하나, 국물 한 방울도 함부로 할 수 없었다. 그동안 내게 직접 담근 김치를 기꺼이 나눠 주신 모든 분에게 진심으로 감사드린다. 더불어 죄송하다. 김장의 전 과정, 노동의 강도와 디테일이 어떤 것인지 알았다면 더 알뜰히 먹었을 텐데. 생물학적 나이와 별개로 몇 센티미터 성숙해지고 싶다면 김장이 딱이다.

욕실에 플라스틱 의자가 등장할 때

아침에 일어나면 발바닥이 아팠다. 한동안 병원과 인터넷을 헤맸다. 약물과 치료를 겸했는데 별 효과가 없었다. 몸살림 운동 선생께서 혼자 할 수 있는 발 마사지 방법을 알려 주셨다. 주먹 쥔 손으로 손가락 관절을 이용해서 발등과 복숭아뼈 주변을 마사지하는 것이다. 처음에는 정신이 번쩍 들 만큼 아팠지만 참고 지속했더니 통증에 차도가 생겼다.

늘 그렇듯, 살 만하다는 게 문제다. 통증이 가라앉으면 게을러졌고 시간이 지나면 다시 아팠다. 세상에서 제일 힘든 일이 별것 아닌 일을 꾸준히 하는 것이다. 거창한 일들은 승부욕이라도 자극하지. 해도 안 해도 표나지 않는 일을 지속하긴 어렵다. 그래서 마음은 한순간에도 바뀌지만 몸은 바뀌기 어려운 거다. 매일 할 일 목록에 발 마사지 습관을 끼워 넣어야 했다. 고민 끝에 샤워 부스 안에 낮은 플라스틱 의자를 가져다 놓았다. 그날부터 샤워는 앉아서 했다.

비누칠 후의 발 마사지는 여러모로 효과적이었다. 앉은 자세로 샤워하는 나의 모습이 확 늙어버린 느낌이라 공연히 서글펐던 것을 제외하고는 좋았다. 샤워실에 의자를 놓아야지 했을 때, 이제는 고인이 되신 아버지가 떠올랐다. 팔순까지 일하고 아흔까지 어머니랑 실컷 놀다가 돌아가시겠다던 아버지의 건강은 여든을 바라보기 몇 년 전 급격히 나빠졌다. 곧 더는 혼자 씻는 게 불가능했다. 마침내 욕실에 흰색 편의점 의자가 들어갔다. 의자에 몸을 맡긴 아버지의 메마른 몸을 닦아 드리는 일은 오랫동안 남동생 몫이었다.

얼마 전 나는 어머니의 목욕을 도왔다. 고관절 수술로 쭈그리고 앉는 것이 불편한 어머니에게는 앉은뱅이 의자나 흰색 편의점 의자 대신 자력 보행이 힘든 이들을 위해 개발된 성인용 보행기가 필요했다. 나는 세면대 앞에 세운 보행기를 양손으로 꽉 잡은 어머니의 머리와 몸을 닦아 드렸다. 어머니의 몸을 닦는 행위는 만감을 부른다.

내가 초등학교에 들어가기 전 어머니는 매주 일요일 오전이 되면 우리를 데리고 동네 목욕탕에 가셨다. 4남매를 교대로 무릎에 눕힌 다음 한 손으로 능숙하게 머리를 감겨 주시던 모습은 볼 때마다 경이로웠다. 나는 어머니의 품에 안정적으로 누워 있는 동생들의 뽀얀 몸을 보면서 내 순서를 기다리곤 했다. 태산처럼 든든하던 어머니의 몸이 이제 뼈와 가죽만 남아 딸의 도움을 받고 있다.

우리에게 욕실은 가장 사적이면서 심도 있는 휴식과 충전의 공간이다. 금요일 저녁 욕조에 몸을 담근 채 노곤한 상태로 영화 한 편 골라잡으면 자잘한 스트레스가 거품처럼 부드러워진다. 그런 반면 욕실은 사고가 잦은 곳이기도 하다. 순발력이 떨어진 어르신의 경우 자칫 치명적이다. 나의 어머니도 몇 년 전 목욕탕에서 다치셨다. 미끄럼방지를 위한 다양한 장치도 사고를 막을 순 없었다.

세련된 싱크볼과 샤워 부스, 공간을 풍성하게 바꿔 주는 간접 조명, 미니멀하면서도 기능적인 수납장, 색상과 패턴이 아름다운 타일의 적절한 배치 등 디자이너가 신경 써야 할 부분이 많지만 욕실 디자인의 지향점은 '안전'이어야 한다. 혼자 목욕을 못 하게 되고 서서 혹은 앉아서 씻지 못하는 상황에서도 존엄을 지킬 수 있는 욕실, 플라스틱 의자와 보행기가 들어가도 불편하지 않을 욕실을 향해 자재와 기술이 더 발전하면 좋겠다. 그렇게 설계된 욕실은 노약자는 물론 사용하는 모든 사람에게 편리하고 안전하다. 유니버설 디자인이, 제품이나 건물을 넘어 서비스와 커뮤니케이션까지 아우르는 인클루시브 디자인으로 그 개념의 범위와 대상을 확장해 가듯이 말이다. 이는 고령화 사회를 앞둔 우리가 반드시 숙지해야 할 개념이다.

스터디 큐브 속에 앉아 보면

사우나를 좋아하시던 아버지가 1인용 사우나 큐브를 집에 들이셨다. 나와 동생들은 이 신문물의 등장이 신기했다. 편백나무로 만든 상자에서는 제법 좋은 향기가 났다. 처음에는 답답하다며 싫어하던 우리도 어느샌가 종종 큐브를 사용했다. 열기를 제외하더라도 겨우 한 사람이 앉을 수 있는 좁은 공간에서 시간을 보낸 경험은 내 신체에 깊이 각인되었다.

2018년 말 2019년 초에 대한민국을 강타한 드라마 〈스카이 캐슬〉을 보다가 깜짝 놀랐다. 드라마 속에는 엄마들 사이에서 인기를 끈다는 '스터디 큐브'가 등장한다. 가로 1.1m, 세로 0.8m, 높이 2.1m로, 내 기억 속 사우나 큐브와 동일한 형태, 크기의 가구다. 사우나 기능 대신 책상과 의자가 놓인 이 물건이 200만 원을 넘는 고가임에도 청소년을 둔 부모 사이에서 인기였단다. 아이의 집중력을 높인다는 마케팅 전략 때문이다. CCTV, 잠금장치까지 옵션으로 제공되는 덕분에 사도세자 책상이라는 별명까지 얻었다.

우리 인류는 공동체에 위협이 되는 사람들을 감옥에 가두는 법과 제도를 만들었다. 종교나 그 밖의 이유로 스스로를 격리하는 사람도 있다. 차이는 선택의 주체가 누구냐일 텐데 자발적으로 스터디 큐브에 들어가고 싶은 청소년이 얼마나 될까? 드라마에서처럼 코디의 조언에 따라 선뜻 큐브로 들어가는 예서와 같은 친구들이 정말 많을까?

중고등학생 때로 돌아가 그 속에 앉아 있는 내 모습을 상상해 본다. 공부를 잘하지도 좋아하지도 않던 나는 그 시간과 상황을 견딜 수 있을까? 안 그래도 만만치 않은 사춘기를 보낸

나의 운명은 실제보다 백 배는 더 큰 질풍노도를 향해 급발진했을 것이다. 학습 효과가 좋다는 이유로 아이들을 큐브에 가두다니. 학습 효과 부분도 공감하기 어렵지만 설령 그렇다 해도 그런 물건을 문제의식 없이 만들고 판매하는 현실이 무섭다. 이 제품보다 대한민국의 왜곡된 교육 현실을 적나라하게 대변하는 물건은 없다.

많아야 한둘만 낳아 기르는 세상이다. 서너 명의 형제자매가 방을 나눠 쓰며 티격태격하던 내 어린 시절과는 다르게 중산층 이상만 되면 아이들은 자기 방을 가지고 성장한다. 방에만 들어가도 집중하기에 전혀 문제없는 독립된 공간이 펼쳐진다. 설령 상황이 허락하지 않더라도 자녀가 입시생이 되면 서재나 침실을 기꺼이 양보하지 않을 대한민국의 부모는 드물 것이다.

만약 누군가 내게 스터디 큐브 디자인을 의뢰한다면 나는 뭐라고 할 것인가? 하라는 디자인은 안 하고 문제의식만 피력할 것인가? 지금의 청소년들에게는 부모가 살아온 것과는 차원이 다른 복잡다단한 사회가 기다리고 있다. 그렇다면 아이들을 자기만의 공간에 가두는 것보다 부모와 함께 거실에서 뒹굴며 시간을 보내도록 하는 것이 중요하지 않을까. 빅터 파파넥의 말이 맞다. 디자이너는 사회 문제에 늘 뒤늦게 등판한다. 이런 물건의 존재가 청소년에게 미칠 악영향에 대한 견해는 정신과 의사나 사회학자의 몫일까? 그것을 실제로 디자인하게 될 우리는 그 논쟁에 참여할 수 없을까?

교육 문제 앞에서 우리는 모두 한때는 당사였다가 시간이 지나면 방관자가 된다. 내 아이가 대학을 들어가는 순간 하늘을 찌를 것 같던 문제의식은 빛의 속도로 사라진다. 그러는 사이 우리 아이들은 사도세자 책상에 자신을 가두고 가정을 파괴하는 코디를 갈망하며 친구 죽음에도 흔들림 없이 공부하는 인간으로 자란다. 그렇게 자란 '예서'들이 대통령이 되고 법관이 되고 의사가 되고 선생이 되는 대한민국을 상상해 보라.

4차 산업혁명 시대는 우리에게 유기적이고 원활한 소통 능력, 타인에 대한 공간 능력과 상상력을 요구하는데, 큐브 안에서 홀로 갈고 닦는 시험 잘 보는 능력은 어디에 활용될 것인가? "아이들에게 강박과 이기심을 승자의 자질로 강요하는 사회에서 국민 소득 3만 달러는 별 의미가 없다."(안순억, 「안순억의 학교 이데아: '스카이 캐슬'과 교란의 말들」,《한겨레신문》, 2019년 1월 27일)

수해 복구 현장, 두 개의 의자

2020년 8월 충주 지역 수해 복구 현장에 따라나섰다. 봉사라는 이타적인 의도는 전혀 없었다. 억울하고 속상한 일에 화병이 날 지경이었다. 한 며칠 먹고 자는 것도 쉽지 않았다. 급기야 책을 읽을 수도, 글을 쓸 수도 없었다. 몸을 움직여야 했다. 전쟁터가 된 내 감정을 다스리려면 그 방법밖에 없었다. 순전히 이기적인 생각으로 수해 현장으로 향했다.

내가 사는 곳에서 불과 30여 분 거리였는데 농가는 처참했다. 망연자실한 어르신의 낯빛에 가슴이 '쿵' 내려앉았다. 안녕하시냐는 무의식적인 인사가 나오다 말고 목구멍으로 꿀떡 넘어갔다. 우리는 우선 밴딩 파이프를 뽑아 한쪽에 모아 세웠다. 무조건 힘으로만 하려는 나에게 파이프를 좌우로 흔들어 땅에 공간을 만들면 쉽다는 조언이 건네진다. 무겁진 않지만 휘어진 생김새 때문에 양쪽에서 함께해야 수월했다. 진흙과 한 덩어리가 되어 뒤엉킨 검은색 멀칭비닐도 걷어냈다. 끝을 찾아 살살 달래며 들어 올리지 않으면 물을 먹은 흙의 무게 때문에 비닐은 수제비처럼 쉬 뜯겼다. 옆 사람의 요령을 따라 배우며 겨우 성공했다.

수해를 머금은 흙이 얼마나 무거운지는 땅을 덮는 거적을 옮길 때 체감했다. 거적은 스무 명이 달라붙어야 겨우 꿈적했다. 그 무게가 바로 산사태의 엄중함이었다. 하나, 둘, 셋, 줄다리기하듯 구호에 맞춰 힘을 모으지 않으면 옮길 방법이 없었다. 사람이 재산이구나, 사람 없이는 안 되겠구나, 우리의 시스템은 여기저기 흩어져 있는 사람을 모으는 데 집중해야겠구나. 당연한 생각이 깨달음처럼 스쳐 갔다.

민망하지만 일한 시간보다 먹고 쉬는 시간이 더 길었다. 드디어 점심 시간, 우리는 한쪽에 쌓여 있던 노란색 플라스틱 상자를 옮겨와 삼삼오오 앉았다. 처음 엉덩이를 내려놓았을 때의 편안함이라니. 습관적으로 나는 의자로 사용한 상자와 그 위에 앉은 사람을 관찰했다. 가로세로가 52.5cm, 37cm이니 뒤집어 앉으면 좌판의 크기로 적당하다. 높이는 32cm로 나지막한 스툴과 같다.

상자의 노란색은 마침 걸쳐 입은 자원봉사단 조끼와 장화의 군청색과도 잘 어울린다. 만 원짜리 플라스틱 상자가 그 상황에선 최고다. 유명 디자이너의 비싼 의자가 부럽지 않다. 디자인 수업 시간에 배우는 이상적인 좌판의 크기와 재료, 엉덩이가 배기지 않기 위해 고려해야 하는 쿠션감 같은 데이터는 무의미하다. 노동 후 휴식을 갈망하는 우리의 몸은 딱딱한 플라스틱 의자에도 감동할 준비가 되어 있다.

땀방울 맺힌 친구의 얼굴을 바라보며 도시락을 먹고 인스턴트커피, 얼음과자까지 해치우고 나니 비로소 눈앞에 펼쳐진 풍경이 보인다. 충청북도의 산세는 강원도의 산세를 닮았다. 봉우리가 뾰족하고 바위가 많다. 지리산의 넉넉한 품도 좋지만, 이제는 내게 더 익숙한 충북의 산세를 좋아한다. 병풍처럼 휘 둘러친 바위는 한 폭의 동양화 같기도 하고 잭슨 폴록Jackson Pollock의 액션 페인팅 같기도 하다. 지역과 시대를 뛰어넘어 그게 어떻게 가능할까?

눈 아래 개천이 흐른다. 수해에 한바탕 뒤집혔고 플라스틱 쓰레기가 여기저기 뒹굴고 있지만 이제 무슨 상관있냐는 듯

무심하다. 땀 냄새 나는 작업복을 입고 플라스틱 의자에 앉아 듣는 자연의 소리는 여행자로 와서 들었던 것과 다르다. 따뜻하면서도 엄격한 어른의 품처럼 나를 위로한다.

오후 작업이 몇 시간 더 이어졌다. 농가의 흐트러진 모습이 조금씩 제자리를 잡는다. 오후에 우리가 의자로 삼은 것은 땅이었다. 플라스틱 상자와 대조적이다. 뭉클하고 푹신하다. 흙에 직접 엉덩이를 대 본 경험이 언제였더라? 어린 시절을 제외하곤 기억나지 않는다. 나 같은 도시인, 지식노동자는 자연에 나가서도 돗자리나 벤치가 편하다. 그러니 엉덩이와 손으로 직접 전해지는 땅의 느낌, 온도, 질감이 낯설다. 땅은 생각보다 따뜻하고 부드럽고 푹신하다. 이렇게 무던한 너희가 수마와 함께 뒤엉켜 그토록 시뻘건 이빨을 드러냈구나.

땅에 앉으면 보이는 풍경은 산과는 반대쪽이다. 넓게 펼쳐진 마을의 농지와 한여름의 투명한 하늘이 보인다. 내가 사는 곳에서 거리로는 얼마 되지도 않는데, 나와는 전혀 다른 삶이 일궈지는 곳이다. 생명과 노동의 현장이다. 마음이 숙연해진다. 땅에 앉아 엉덩이로 전해지는 온기와 질감을 감지하다 보니 내가 지구와 연결된 존재라는 생각이 든다. 땅에서 멀리 떨어져 아랫집 천장을 바닥 삼아 사는 일상에서는 할 수 없는 사유다.

일을 마칠 무렵, "식사는 좀 하셨어요?"라고 주인장께 말을 건넸다. 내내 묵묵하시던 어르신의 말문이 훅 터진다. 너무 속상해서 밥을 먹을 수도, 잠을 잘 수도 없었다고. 화병이 날 지경이었다고. 그 말씀에 조건 반사 같은 눈물이 터졌다. 내 상황과 어르신의 상황을 단순 비교할 수 없고 손끝에 박힌 가시라도 나의 것이 남의 것보다 더 아픈 법이지만, 수해 때문에 생긴 화병 앞에서 내 화병은 힘을 잃었다. 대신 그분의 화병에 위로 한 톨 더한 것만으로 나는 치유되었다.

신영복 선생의 잠언 〈함께 맞는 비〉(『처음처럼』, 신영복 지음, 돌베개, 2017, 162쪽)가 떠오른다. 돕는 것이란 우산을 들어 비를 막아 주는 것이 아니라 함께 비를 맞는 것이다. 함께 맞아야 비의 온도와 세기, 축축해진 옷과 양말, 앉아 있는 곳에서 엉덩이로 전해지는 질감을 총체적으로 공유할 수 있다. 공유할 수 있다면 치유는 양쪽 모두에게 선물처럼 주어진다.

사하라 사막의 모래 위에서

사막으로의 여행을 권하는 사람들이 있다. 낮에는 모래와 태양, 밤에는 칠흑 같은 하늘과 쏟아지는 별만이 전부인 그곳. 극단적인 자연에 둘러싸여 절대 고독과 마주하게 되면 비로소 내가 사는 세상과 나의 모습이 선명해진다고들 했다. 2017년 2월, 사하라 사막 투어를 위해 모로코의 작은 도시 메르주가에 도착했다. 우리가 묵은 호텔의 주인장은 사막에서의 일정을 설명한 다음 최소한의 짐만 챙기라고 조언했다.

사막에 도착해 숙소에 짐을 풀고 모래 산을 올랐다. 200m밖에 안 되는데 한 발짝 오르면 반 발짝은 다시 모래 속으로 빠졌다. 낑낑거리며 힘겹게 오르는 우리를 뒤로한 채 모로코 현지 가이드는 사뿐히 날아 올라갔다. 중력을 역행하는데 디디고 있는 바닥마저 내 몸을 지지하지 못하자, 미용과 건강의 관점에서만 고민했던 몸무게가 갑자기 사유의 주제로 다가온다. 어쩌자고 이렇게 많은 무게를 짊어지고 살았을까? 푹푹 빠지는 모래 발자국을 보며 내 몸무게를 원망했다. 체중계의 숫자나 터질 듯한 바지를 통한 인식과는 다른 차원의 원망이었다. 내 인생 여정이 버거웠던 이유를 알겠다.

모래 언덕의 꼭대기에 앉자 엉덩이와 손이 조심스럽게 감각의 촉을 세웠다. 신발과 양말을 벗어 맨발로 모래를 디뎠다. 적당히 차갑고 적당히 부드럽다. 모래의 차가움에는 따뜻함이 동시에 존재한다. 지구별에서 억겁의 세월을 살아온 내공일까? 내 몸이 마치 사막의 일부가 된 듯하다. 문득 사막의 생성 과정과 모래의 물성이 궁금해진다. 중학생 때 멈춰 버린 과학적 호기심이다. 길어야 고작 백 년을 살다 가는 인간과 수백

억 년 역사를 품은 존재가 이렇게 한 공간 한 시점에서 만나고 헤어지는구나.

눈앞에는 하늘과 모래뿐이다. 나를 둘러싼 풍경이 극적으로 단순해진다. 비로소 자연이 설정해 둔 디테일이 보인다. 아프리카의 겨울 오후 2시에서 4시 사이, 태양의 움직임에 따라 일어나는 하늘과 땅의 변화가 모래를 캔버스 삼아 시각적으로 밀려온다. 쪽빛 같던 하늘색은 보라색을 지나 붉은빛으로 물든다. 노르스름하던 색깔이 오렌지빛이 된다. 황금빛 모래 언덕을 쓰다듬던 빛과 그림자의 넓고 풍성한 물결이 두 시간 뒤인 오후 4시가 되면서 선명하게 날카로워진다.

해가 지자 사막은 급격히 식었다. 가지고 온 옷을 몽땅 껴입고 사막에서의 밤을 맞이했다. 모로코인들이 준비한 저녁을 먹고 그들이 연주하는 곡을 감상했다. 이제 춥고 적막한 밤만이 나를 기다리고 있었다. 우두커니 앉아 침묵하고 사색하는 것 외에는 할 수 있는 것이 없었다. 하지만 곧, 할 수 있는 것이 그것밖에 없다는 사실에 감사한다. 우리가 사막까지 가는 이유는 바로 그 시간 때문이다.

가방을 열어 보니 책 한 권, 스케치북, 필통, 마스크 팩이 보였다. 아무것도 할 것이 없는 시간에 필요할 거라고 생각했던 것들이다. 살짝 민망하다. 정말 아무것도 하지 않고 모래, 하늘, 별, 침묵을 즐기면 되는 것을 모르고. 보이는 것은 깜깜한 하늘과 쏟아지는 별뿐. 서울에서 자란 나는 중학생이 되어서야 동해 바닷가의 밤하늘에서 '쏟아지는 별'을 마주했다. 사하라 사막의 별들도 품에 안길 듯 쏟아져 내렸다. 나는 별들이 노래하는 소리를 듣는다는 부시맨의 이야기가 생각났다. 도시인은 이제 거의 들을 수 없게 되었다는 그 소리. 밤새 나를 압도하던 사막의 기운 속에는 분명 낮에는 없던 다양하고 흥미로운 속삭임이 흘러넘쳤다. 그게 별들의 노랫소리가 아니라면 무엇일까?

사하라 사막에서 돌아온 이후 유난히 체감되는 것은, 나와 내 주변에 만연해 있는 '과잉'이었다. 경제가 어려운 와중에도 지나치게 넘쳐나는 물건, 돈, 음식들. 그 넘쳐나는 물질 덕분에 우리는 과연 행복한가? 그렇지 않음을 보여주는 징후와 지표가 너무 많다. 다들 최첨단 통신 기구를 손에 쥐고 있지만 소통은 여전히 어렵고, 타인을 향한 관심은 많지만 정작 사랑이 필요한 곳에는 무관심이 흐른다. 물질적 풍요가 정신적 풍요로 이어지지 않는 이유가 뭘까?

사막의 모래 위에 앉아 던졌던 질문을 내 삶으로 가져온다. 내게 과잉된 것과 결핍된 것은 무엇인가? 그걸 알아야 불필요한 것은 덜어내고 부족한 것을 채울 수 있을 텐데. 그래야 메르주가 호텔의 주인장 말처럼 최소한의 짐만 챙겨 인생의 사막을 건너갈 수 있을 텐데.

"다리는 형체죠.
진정으로 가지고 싶은 건
자유로움이에요.
가고자 한다면
어디든 갈 수 있는, 자유요."

『천 개의 파랑』,
천선란 지음, 허블, 2020,
338쪽

2장

움직이는 것에 앉다

자전거 천국에서 발견한 평등사회

코펜하겐 유학 시절, 도시 전체에 촘촘히 깔린 자전거 전용 도로를 보고 감탄했다. 일반 신호등보다 크기가 작아 장난감처럼 귀여운 자전거 신호등, 하지만 자전거 도로를 달리는 덴마크인의 모습은 장난이 아니었다. '쉥쉥' 소리를 내며 엄청난 속도로 보행자를 지나쳐 갔다. 기숙사에서 학교까지 3km 정도를 매일 친구들과 함께 걸어 다녔는데, 처음에는 자전거 도로와 인도를 구분하지 못하고 넘나들어 덴마크인에게 야단을 맞기도 했다.

코펜하겐 지리에 어느 정도 익숙해졌을 무렵 주변 친구들이 하나둘씩 자전거로 통학하기 시작했다. 친구들은 자전거를 타야 진짜 코펜하겐을 즐길 수 있다며 뚜벅이인 나를 설득했다. 기숙사 게시판에 광고를 붙이고 며칠 눈여겨보던 끝에 드디어 열흘 동안 휴가를 가는 친구의 자전거를 빌렸다. 시속 4-5km로 걷다가 15-20km 정도로 빨라지자 그야말로 삶의 모든 것이 바뀌었다.

천천히 걸으며 즐기던 호숫가 길도 좋았지만 5분 만에 학교에 도착해 여유롭게 먹는 커피 한 잔도 소중했다. 한 손에 커피를 들고 나머지 손으로 자전거를 끌며 학교 정문으로 들어설 때면 내가 덴마크인이 된 것 같은 착각이 들었다. 제한된 시간 때문이었을까? 자전거를 빌린 열흘 동안 틈만 나면 지도를 펼치며 가고 싶은 곳을 찾았다.

자전거족이 되고 첫 목적지는 명성 대비 실망이 크다는, 소위 가장 볼 것 없는 3대 관광지로 꼽히는 인어공주 동상이었다. 편도 약 10km, 초보 자전거족에게 적당한 거리였다. 나는 어린 시절 별 마음의 준비 없이 『인어공주』 동화책을 읽었다가 그 안타까운 결말을 감당하지 못해 펑펑 울었던 기억이 있다. 그 뒤에 접한 월트 디즈니 버전의 인어공주는 또 다른 종류의 상처를 줬다.

동상을 보러 간다는 것은 그 상처와 마주하는 일종의 의식과도 같았다. 랑겔리니 해안에는 우리처럼 자전거를 타고 온 사람들이 동상과 주변 공원에서 여유를 즐기고 있었다. 1.25m의 인어공주는 열다섯 살 생일을 맞이해 물속에서 올라와 호기심 어린 눈빛으로 주변을 바라보고 있었다.

동상은 급진적인 상황주의 예술가들에게 두 번이나 머리가 잘렸고, 괴한이 던진 핑크색 페인트를 머리부터 발끝까지 뒤집어쓰는 수모를 당했지만 코펜하겐 당국은 자제를 호소하고 감시를 강화할 뿐 어떤 조치도 하지 않았다. 그 흔한 안전망도 없어서 관광객은 그녀의 모습을 코앞에서 볼 수 있었다.

자전거족이 된 열흘 동안 덴마크가 자전거라는 교통수단을 위해 얼마나 정교하게 도시를 설계했는지 실감했다. '팬케이크의 나라'라는 별명처럼 언덕이 별로 없는 지리적 특징도 큰 장점이었다. 주말이면 주로 공원을 찾았는데, 자전거로 공원을 돌다 보면 덴마크가 한국보다 작은 나라라는 사실을 잊곤 했다. 실제로 끝이 안 보이는 광활한 곳이 정말 많다. 공원에는 가족, 연인, 친구 단위로 소풍을 즐기는 사람들로 가득했다. 세일할 때를 기다려 사 둔 와인과 치즈를 즐기며 우리도 그들의 여유로운 삶을 맛보았다.

'자전거 천국'은 코펜하겐의 중요한 사회적 특징과 연결된다. 바로 계층 간 권력 거리가 가깝다는 것이다. 코펜하겐에서 코디네이터로 일할 때 국제 행사에 초대된 적 있는데 정재계 유명 인사라는 사람들 모두 자전거로 도착했다. 그리곤 점퍼를 벗고 배낭에서 꺼낸 재킷을 탈탈 털어 갈아입은 다음 행사장으로 걸어 들어갔다. 실제로 "덴마크 국회의원 중 63%가 자전거를 타고 크리스티안보르 궁전으로 출근한다."(『덴마크 사람들처럼』, 말레네 뤼달 지음, 강현주 옮김, 마일스톤, 2015, 124쪽) 누군가 귀띔해 주지 않았다면 그들의 직급을 짐작하기 어려웠을 테다. 복장이나 교통수단 때문이기도 하고, 대부분 사람들이 그들을 특별히 주목하지 않았기 때문이다.

내가 다닌 대학의 총장, 교수, 디자이너 모두 자전거로 출퇴근했다. 교통수단의 평준화는 사람 간에 불필요한 차별과 차이를 없앴다. 우리는 모두 오전 8시경 자전거를 타고 학교에 도착한 다음 헬멧에 짓눌린 머리와 흐트러진 복장을 점검하는 것으로 하루를 시작했다. 자동차의 종류나 크기에 대한 선입견 없이 사람 대 사람으로 만날 수 있었다.

학교 건물과 강의실에서 직급과 직책이 다른 교수들 사이는 물론 교수 학생 간에도 권위적이고 경직된 위계 관계는 찾아보기 어려웠다. 수업 시간에 우리는 수평적인 커뮤니케이션이 가능하다고 느꼈다. 교사가 학생보다 더 큰 주도권을 가지고 있다고 생각하지 않았다. 이 모든 것이 자전거라는 교통수단이 정착시킨 특징 중 하나라고 말하면 지나친 비약일까? 혹은 평등사회를 지향하는 그들의 성향이 자전거 천국이라는 현상을 만들었을까?

네덜란드의 사회학자 헤이르트 홉스테드Geert Hofstede는 그의 저서 『세계의 문화와 조직』(나은영, 차재호 공역, 학지사, 2014)에서 한국을 포함해 세계 74개국의 문화를 비교 연구했다. 그중에서 덴마크와 한국의 문화 차이가 눈에 들어온다. 덴마크는 평등 문화, 개인주의 문화, 여성적 문화, 불확실성 수용 문화 수치 등이 높지만 한국은 불평등 문화, 집단주의 문화, 남성적 문화, 불확실성 회피 문화 수치가 높았다.

평등 문화와 불평등 문화는 권력 간 거리가 가깝고 먼 것으로 설명된다. 권력 거리가 가까운 사회에서는 인간 간 불평등을 최소화해야 한다고 생각하지만, 권력 거리가 먼 사회에서는 인간 간 불평등은 당연하며 오히려 바람직하다고 여긴다. 권력 거리가 가까운 사회에서는 모든 사람이 동등한 권리를 지녀야 함을 당연시하지만, 권력 거리가 먼 사회에서는 권력을 가진 자가 특권을 누리는 것을 당연시한다.

홉스테드가 전하고자 하는 이야기의 핵심은 이것이다. 인류는 환경에 적응하면서 생존에 적합한 방향으로 그들만의 문화를 진화시켜 왔다는 것. 그렇다면 우리에게 권력 거리는 왜 이렇게 중요할까? 지금 홉스테드가 동일한 연구를 한다면 결과는 어떨까? 다이내믹 코리아답게 빠르게 성장하고 발전하는 한국의 경우 많은 수치에서 긍정적인 변화가 있었는데, '권력 거리'는 좀 좁아졌을까?

나는 오히려 커졌다고 느낀다. 불평등을 당연하게 생각하면서도 그것이 '공정'하다는 착각까지 더해져 혼란스럽다. 미식축구 감독 배리 스위처Barry Switzer의 말처럼 어떤 사람들은

3루에서 태어났으면서도 자신이 3루타를 친 줄 안다. 코펜하겐이 그러했듯 자전거 도로를 정비해서 모두가 자전거족이 되면 우리 사회의 권력 거리가 작아질까? 아니면 자전거 타는 모습을 시각적으로 소비하려는 정치인만 늘어날까?

2004년 충주로 이사 오면서 드디어 버킷 리스트의 하나인 자전거 출퇴근을 시작했다. 집에서 학교까지는 4km 정도. 언덕이 거의 없는 평지인 데다 자전거 도로가 멈춤 없이 이어진다. 가는 길 일부는 사과나무가 늘어선 가로수 길이다. 대로변에 있어 지나치게 관상용이라는 생각이 들지만, 사과꽃이 피는 4–5월, 사과가 주렁주렁 매달리는 8–9월이면 그 사이를 빠져나오는 것만으로도 행복했다.

그러나 나의 자전거 출퇴근은 한 학기를 넘기지 못했다. 말이 자전거 전용 도로지 중간중간 끊어져 위험한 곳이 제법 있었고, 무서운 속도로 달리는 덤프트럭 때문에 몇 번이나 넘어질 뻔했다. 간담이 서늘해질 때가 한두 번이 아니었다. 그런데도 요리조리 노선을 바꿔 가며 출퇴근을 지속하던 내게 동료 교수의 불행한 사고 소식이 전해졌다. 나와는 비교가 안 되는 베테랑 자전거족이셨는데 어이없는 사고로 유명을 달리하셨다. 출퇴근은커녕 자전거를 보는 것도 한동안은 힘들었다. 결국 나는 다시 자동차 출퇴근으로 돌아갔다.

세월이 꽤 흘렀다. 코펜하겐에 다녀올 때마다 비행기 안에서 결심한다. 마치 언어가 통하지 않는 나라에서 돌아오는 길에 반복적으로 하는 그 나라 언어 공부에 대한 다짐처럼 '이번에는 꼭 다시 자전거로 출퇴근할 방법을 찾아봐야지.' 한다.

게다가 요즘은 에너지 전환이 화두 아닌가. 자전거는 사람의 운동 에너지로 달리는 운송 기구다. 다시 자전거 출퇴근족이 된다면 다이어트, 건강, 에너지 전환 등의 문제를 두루 해결할 수 있을 텐데. 자전거로 출근하는 내 모습에 학생들이 나를 친근하고 덜 권위적인 선생으로 생각해 준다면 더 바랄 게 없고.

뉴욕 버스 안,
그곳에서 만난 일상

1990년대 초반 미국 유학 시절 나는 버스를 타고 미국 중부 아이오와에 있는 작은 도시 대번포트에서 맨해튼까지 이동했다. 정확히 스물네 시간이 걸렸다. 비행기를 타지 않았던 것은 분명 비용 문제였을 것이다. 일부러 자동차로 대륙 횡단도 한다는데 광활한 미국 땅을 밟듯이 건너 보는 것도 나쁘지 않겠다 싶었다.

결국 그때의 스물네 시간은 일주일 치 몸살을 불렀다. 버스 여행의 설렘은커녕 미국이 얼마나 큰 나라인지, 도시와 도시 사이가 얼마나 먼지, 사람 하나 보이지 않는 길이 얼마나 많은지만 실감했다. 해가 떨어진 이후에 들른 휴게소는 청결 상태를 논할 상황이 아니었다. 미국을 주로 영화로 만났던 탓일까. 코엔 형제의 영화 〈파고〉 속 장면이 떠올랐다. 지나가는 누군가가 금세 총을 든 강도로 변신한다 해도 전혀 이상하지 않을 으스스한 풍경이었다. 나는 공포감에 떨었다.

가장 큰 어려움은 버스 좌석이었다. 덩치가 산만 한 사람들이 좌석 두 개를 차지하고 앉거나 빈 옆자리에 짐을 올려놓고 딴청을 피웠다. 결국 이런저런 난관을 뚫고 차지할 수 있는 것은 맨 뒤 가운데 자리. 중고등학교 수학여행 때는 너도나도 차지하려고 애쓰던, 짓궂고 재밌는 친구들이 모여 있고 선생님으로부터 가장 멀리 떨어진 그 뒷자리였다. 하지만 미국 버스의 그 자리는 그야말로 고역이었다. 쾌적함이란 눈꼽만큼도 없었다. 양쪽에 앉은 타인에게서 일정 거리를 유지하느라 긴장한 탓에 잠은 고사하고 졸기도 어려웠다. 스물네 시간을 그렇게 앉아 있으려니 창밖을 보며 멍때리고 싶다는 사소한 바람조차 불가능했다.

마침내 도착한 뉴욕의 버스 터미널에서 나는 가방을 분실했음을 알았다. 워낙 그런 일이 잦아서 다들 그렇게 큰 짐을 끌어안고 버스에 오른 것이다. 분실 신고를 받는 직원의 첫마디는 "비행기를 타지 왜 버스를 탔냐?"였다. 버스를 타면서 그 정도 각오도 하지 않았느냐는 눈치였다. 좋은 집, 근사한 차에 욕망이 별로 없던 나는 그런 차별에 무던했다. 미국은 물론 자본주의 사회라면 어디에라도 존재하는 차별이지만 내 자존감을 건드리지 않았다. 하지만 대중교통수단은 달랐다. 그 긴 거리를 버스로 이동한 나는 그 자체로 무시당했다. 잃어버린 가방 속에 특별한 물건이 있는 것도 아니었는데, 안되는 영어로 몇 번이나 문제를 제기했다가 결국은 포기했다.

스물네 시간 장거리 버스 경험 이후 얼마 있다가 뉴욕 맨해튼의 시내버스를 탔다. 주로 지하철을 이용하던 내가 처음으로 버스를 이용한 날이었다. 버스 중앙에는 지하철 좌석처럼 버스의 몸통과 나란한 방향의 좌석이 있었고 서너 명의 청년들이 눕다시피 앉아 있었다. 그들이 뻗은 기다란 다리가 불편했지만 다들 못 본 척했다. 그러던 어느 순간, 갑자기 분위기가 전환되었다.

불량한 자세로 널브러져 있던 청년들이 벌떡 일어나 익숙하고 민첩하게 자신들이 앉아 있던 좌석을 접어 벽에 붙였다. 버스 중앙에는 순식간에 빈 공간이 만들어졌다. 어리둥절한 내 눈에 그제야 버스에 오르는 휠체어 탄 승객이 보였다. 버스 기사는 계단참을 도로 높이로 내려 승객의 탑승을 도왔고,

버스에 올라온 승객은 조금 전 청년들이 만들어 놓은 공간에 자리를 잡았다. 버스는 아무 일 없었다는 듯 다시 출발했지만 막 미국 생활을 시작한 내게 이 짧은 경험은 너무도 깊은 인상을 남겼다.

휠체어를 타고 버스에 오른 승객의 행동은 담담하고 독립적이었다. 버스 기사의 도움을 받아 버스에 탑승했지만 그 외에는 타인의 도움을 필요로 하지 않았다. 다른 승객은 휠체어가 먼저 오르고 내릴 수 있도록 기다려 줬을 뿐 일부러 나서서 돕지 않았다. 당연하지만 누구나 동등하게 버스를 이용하고 싶을 뿐 특별한 대접을 받고 싶은 것은 아니니까. 시민들의 능숙하고 자연스러운 태도 역시 인상적이었다. 훈련과 연습이 일상화되어 있다는 것을 알 수 있었다. 단정하게 앉지 않았다는 이유로 내 눈살을 찌푸리게 했던 (무례한) 청년들도 대중교통에서 지켜야 할 기본적인 약속은 착실히 실행했다.

내 어린 시절인 1970년대, 버스 운전사와 승객의 탑승을 돕던 여성 승무원에게 우리는 짐짝과 같았다. 등하굣길 버스에 올라탄 20–30분 동안은 한마디로 지옥이었다. 불편한 교복과 함께 구겨진 채로 버스에서 튕겨 내릴 때만을 기다렸다. 승객의 안전은 고려 대상이 아니었다. 조금이라도 천천히 내리는 어르신은 어디선가 들리는 짜증 섞인 목소리를 들어야 했다. 김치 보따리라도 들고 탄 할머니에게는 찌를 듯한 시선이 집중되었다. 그러니 장애가 있는 사람, 임산부, 어린아이를 동반한 사람, 큰 짐이라도 든 사람은 버스를 어떻게 이용했을까? 뒤늦은 의문이 생긴다.

내가 자주 사용하는 충주–서울 간 고속버스는 편리하고 편안하다. 예전에 내가 선진국이라고 생각했던 나라와 비교해 봐도 그렇다. 하지만 우리 도시의 버스에 휠체어를 탄 승객이 불편 없이 탑승할 수 있을까? 탑승 후에는 버스 안에 안전하게 머물 수 있을까? 많이 개선되었다고 해도 여전히 어렵다. 아쉽게도 우리나라의 도시에는 장애가 있는 사람이 독립적으로 사용하기에 어려움이 많다. 경제 수준을 비롯한 다른 지표와 비교하면 부끄럽다. 버스를 스스로 탈 수 없고 원하는 시간에 이동할 수 없다면 무엇을 더 꿈꿀 수 있을까?

"다행히 법과 제도는 느리지만 뚜벅뚜벅 장애인의 이동권을 폭넓게 보장하는 방향으로 나아가고 있다. 미국 연방대법원의 인종분리교육 폐지 결정, 동성결혼금지에 대한 위헌 선언, 한국의 호주제 헌법 불합치 결정 등이 그러했듯이, 오늘 우리가 누리는 당연한 권리들도 실은 긴 세월, 무수히 많은 사람의 미련한 노력과 희생으로 차례차례 법으로 만들어진 것이다. 지난 2008년 창원지방법원이 판결한 아래의 문장은 장애인 이동권에 대한 인식의 변화를 잘 보여준다."(김진우, 「잘못된 삶은 없다」, 《민들레 Vol. 122》, 2019년 3월, 168쪽)

"사회적 약자에 대한 배려가 더는 가진 자들의 은혜적 배려가 아닌 전 국민이 함께 고민하며 풀어가야 할 사회적 책무로서 막연히 예산상의 이유만을 들어 그러한 의무를 계속적으로 회피할 수는 없다. –창원지방법원 2008.04.23. 선고 2007가단 27413 판결"(『실격당한 자들을 위한 변론』, 김원영 지음, 사계절, 2018, 233쪽)

골형성부전증으로 휠체어를 타는 김원영 변호사의 말을 들어보자. "더 이상 우리는 혼자가 아니다. 당신이 장애아를 낳든, 장애인으로 태어나든, 어느 날 갑자기 장애인이 되든, 혹은 그밖의 복잡한 사정들로 인해 당신이 오로지 '개인적인' 세계 안에서 외롭게 굴을 파 내려가고 있다고 믿는다면, 조금은 각도를 틀기 위해 애써봐도 좋다. 완전히 수직으로만 내려가지 말고 단 1도라도 방향을 틀어보라. 어느 순간 당신은 다른 동굴과 만날 텐데, 그곳에 예측하지 못했던 정체성의 서사가 존재할 것이다."(같은 책, 301쪽)

우리가 놓친 지하철의 이동권

지하철이야말로 각 도시의 디자인 역사와 인간공학 연구의 생생한 현장이다. 1994년 코펜하겐에서 여름 학기를 보내던 중 IC3 열차를 분석하는 수업을 들었다. 덴마크에서 제작한 고성능 디젤 열차 IC3는 우리나라 지하철 1호선처럼 지상을 달리는 세 칸짜리 열차다. 지금은 시내 중심부의 일부 구간을 지하로 운행하지만 1994년 당시만 해도 코펜하겐에는 지하철이 없었다. 주로 코펜하겐 중심부에서 외곽으로 연결되었으며, 학교 인근의 기숙사 대신 덴마크 가족의 집을 숙소로 선택한 친구들은 매일 그 열차를 타고 통학했다.

수업 시간에 우리는 플랫폼에서 열차에 이르는 길, 플랫폼의 키오스크, 열차의 객실 등 세부 주제로 나눠 찬찬히 살폈고, 자신이 선택한 주제에 대한 리서치, 스케치, 메모한 결과물 등을 묶어 책자로 만들었다. 이 글을 쓰기 위해 먼지 앉은 상자에서 자료를 꺼내자 열차를 관찰하며 보고서를 쓰던 삼십 대 초반의 나와 친구들의 모습이 어제처럼 선하다.

당시 내 눈에 가장 인상적이었던 것은 바로 열차 안의 비어 있는 공간이었다. 필요하면 좌석을 접을 수 있는 곳도 많았다. 우리가 공부를 위해 수시로 열차에 오르던 기간에 휠체어를 탄 승객, 유모차를 끄는 승객, 여행용 가방을 두 개나 든 승객, 자전거를 끌고 타는 수많은 사람이 그 공간을 활용하는 것을 봤다. 물론 그냥 서 있고 싶어서 빈 공간을 선택하는 사람도 있었다. 그 공간은 비어 있음으로 진정 다양하고 필수적인 쓰임을 가능케 했다. 있음의 이로움은 없음의 쓰임에 있다는 노자의 말씀이 디자인에 접속된 사례다.

유학을 마치고 귀국한 1996년, 마침 대학에서 인간공학 교과목을 담당했고 과정의 일부로 서울의 지하철을 관찰했다. 코펜하겐의 경험을 살려 팀별로 주제를 나눴다. 이때 마침 다리를 다쳐 깁스를 한 학생이 있었다. 깁스를 한 친구가 포함된 팀은 휠체어를 타고 지하철역 몇 곳을 방문했다. 결과적으로 지하철은 휠체어를 탄 사람이 혼자 힘으로 이용하기는 힘들었다. 작동하지 않는 리프트도 많았고, 담당자가 작동 방법을 모르는 경우도 있었다. 실험에 참여한 학생은 막상 리프트가 제대로 작동했을 때가 가장 끔찍했다고 말했다. 조명 장치가 현란하게 번쩍이면서 뜬금없이 동요 〈즐거운 우리 집〉이 흘러나온 탓이다.

문제는 거기서 그치지 않았다. 학생은 겨우 지하철에 탑승했는데, 그때만 해도 지하철에는 휠체어 탄 사람이 편히 앉을 '자리'가 없었다. 휠체어를 탄 승객은 통로 공간이나 출입구 근처의 빈 곳에 자리 잡을 수밖에 없었고, 리프트의 경우처럼 무대 한가운데에 덩그러니 앉아 있는 곤혹스러움을 견뎌야 했다. 내가 원해서 오르는 무대가 아닌 경우 무대와 타인의 시선은 지옥 그 자체. 지나가는 사람들의 동선을 방해하는 것 같아 몸과 마음이 위축된다. 코펜하겐 열차 빈 곳의 인간공학적 이유가 드디어 명확해졌다.

코펜하겐의 경험으로부터 벌써 28년이 흘렀다. 그 사이 우리의 지하철은 진보했을까? 1974년 1호선부터 2009년 9호선까지, 지하철은 초고속 압축 성장의 역사를 생생하게 대변한다. 문제가 발견되고 해결되어 가는 과정의 기록이다. 이제는 덴마크 친구들이 서울 지하철 시스템의 편리함, 쾌적함, 청결함, 안전함에 감탄한다. 지하철 위 선반에 가방을 올려놓는 행위에서 느껴지는 사회적 신뢰, 지하철에서 와이파이가 터진다는 것에서 실감하는 IT 강국의 위상에 놀란다.

그러면 장애인 이동권은 어떨까? 2009년 3월 2일 국가인권위원회 장애인차별시정위원회에서는 '공공건물 및 공중이용시설에 설치할 수 있는 편의 시설의 종류에서 휠체어 리프트를 삭제할 것'과 해당 기관장에게 '장애인이 차별받지 않고 교통수단을 안전하고 편리하게 이용할 수 있도록 조속한 시일 내에 엘리베이터를 설치하고, 설치 계획에서 제외된 역사의 경우 '현저히 곤란한 사정'이 없는 한 엘리베이터를 설치할 수 있도록 설치 계획을 재검토할 것'을 권고한다.* 이후 리프트가 철거되고 엘리베이터 수가 꾸준히 늘었지만 리프트가 여전히 남아 있는 역사에서 사고가 반복된다. 2017년 10월 신길역에서 추락한 한 모 씨는 결국 3개월 뒤 사망했다. 리프트를 사용하기 위해 역무원 호출 버튼을 누르려다 생긴 일이다.

유니버설 디자인이나 인클루시브 디자인이 잘 되어 있는 도시를 여행할 때 깨닫는다. 장애가 있는 이들이 하루에도 여러 번 나와 같은 지하철을 타고, 내 옆자리의 식당에서 밥을 먹고, 공원의 나무 그늘에 앉는다. 보이지 않는다고 해서 없다고 생각했던 이들이 비로소 보인다. 2017년 보건복지부 장애

* 국가인권위원회 장애인차별시정위원회 결정, 장애인에 대한 '정당한 편의'의 내용으로서 휠체어 리프트 개선방안 권고, 2009년 3월 2일, 1쪽

인 실태조사에 따르면 우리나라 장애인 수는 약 267만 명으로, 인구 스무 명 중 한 명이다. 내 주변에 몸이 불편한 사람이 전혀 보이지 않는다면 그건 장애인 수가 적어서가 아니라 우리 사회가 그들의 이동권을 보장하지 않아서다. 아니나 다를까. 이 책을 탈고하는 순간에도 장애인 단체가 이동권을 보장하라며 시위를 한다. 21년째의 외침인데 이제야 겨우 들린다. 서울의 화려한 모습 뒤에 엄연히 존재하는 후진성이다.

개찰구의 유무와 형태도 중요하다. 다양한 신체 조건, 여행 조건을 가진 사람들이 불편 없이 바로 탑승할 수 있어야 한다. 좁은 개찰구에 삼단 차단봉만 없어도 차이가 크다. 뻥 뚫린 입구는 시각적으로도 시원하다. 예전에는 사회적 신뢰 측면에서만 생각했는데, 그러고 보니 유니버설 디자인 관점에서도 생각해 볼 수 있다.

장애인이 편하게 사용할 수 있는 도시를 만든다는 건 특별한 일이 아니다. 턱이 없는 진입로, 완만한 경사로, 몸을 지탱할 안전봉이 설치된 복도는 건강한 사람에게도 편리하고 안전하고 쾌적하다. 몸이 불편하고 건강하지 못한 사람이라도 독립적이고 주체적으로 활보할 수 있는 도시 디자인이 실현되어야 하고, 그중에서도 시민의 발이라 할 수 있는 지하철의 이동권은 가장 먼저 보장되어야 한다.

기차 여행의 로망,
영화 〈비포 선라이즈〉를 생각하며

삼십 대 이후 유럽을 주로 왕래했던 나는 국내보다 그곳에서의 기차 경험이 많다. 나는 공부하는 자세로 그들의 시스템, 디자인, 시민 의식 등을 부지런히 관찰했다. 하지만 막상 내 나라의 시스템, 디자인, 시민 의식과 함께 비교하고 관찰하지 못했다는 것을 최근 몇 번의 기차 여행을 통해 깨달았다.

외국으로 이민 간 분들이 조국을 떠나오던 시점에서 역사가 멈춘다는 말을 자주 하는데, 그건 꼭 대륙을 건너 남의 나라에 갔을 때만 적용되는 얘기가 아니다. 내 나라 내 땅에서 한평생 살고 있는 나에게도 특정 분야에 대한 역사 지체 현상은 언제든지 일어난다. 살면서 가장 경계해야 할 일이 아닌가 싶다.

2021년 12월 31일 충주-부발 간 KTX가 개통되었다. 그동안 KTX 노선이 없던 충주 시민인 나는 기차보다 버스나 자가용을 이용했다. 환승 시간이 40분 이상 걸릴 때가 많아 시간 맞추기가 어려웠다. 마지막으로 국내에서 기차를 탔던 게 언제였던가? KTX로 2시간 40분이면 서울 부산을 주파한다는 얘길 들으면 소도시 시민의 설움을 느꼈다. 2023년 충주-문경 구간에 이어 2027년 수도권 전철 수서-광주선까지 개통된다고 하니 앞으로는 내게도 기차 이용의 기회가 많아지리라.

버스보다 운임 가격이 다소 비싸지만 기차 여행이 주는 쾌적함과 편안함을 선호한다면 선택 가능하다. 마침 할인 기간이기도 해서 부발행 KTX를 탔다. 무궁화호를 타고 출발해 오송에서 갈아타고 서울로 가던 때보다 시간과 비용을 줄일 수 있었다. 부발에서 충주로 내려올 때는 일부러 특실을 예약했는데 좌석 앞뒤 간격이 일반실보다 20cm 넓어서 쾌적했다.

몇 안 되는 경험이지만 다른 여행에서는 잘 일어나지 않던 소소한 사건 사고가 생겼다. 부발로 갈 때는 내가, 내려올 때는 타인이 객실을 헷갈려 남의 좌석에 앉았다. 서로 실수를 인정하고 정중히 사과했다. 대중교통을 사용하다 보면 때론 불쾌하고 황당한 경험도 하게 되지만 타인과의 만남으로 공공 의식, 시민 의식에 대한 생각이 구체화된다.

어릴 적 아버지와 함께 탔던 목포행 침대열차가 떠오른다. 추적해 보면 불과 서너 살 정도였던 것 같은데 여전히 몇 장면 기억에 남아 있는 게 신기하다. 나는 커튼으로 가려진 우리만의 공간에서 한없이 스쳐 가는 풍경을 바라봤다. 한반도의 반쪽을 통과하는 여행이었지만 어린 시절의 시간이 그렇듯 시베리아 대륙이라도 횡단하는 것처럼 길게 느껴졌다.

이후 우리나라는 1970년대의 고속도로 시대, 1990년대의 자동차 시대로 변화했고 나는 여러 가지 이유로 국내 기차 여행에서 멀어졌다. 내가 다시 야간열차를 탄 것은 당시 386세대가 그러했듯 유럽을 동분서주했던 배낭여행이었다. 비용과 시간을 아끼기 위해 도시와 도시 간은 무조건 야간열차로 이동했다. 아침부터 저녁까지 발이 부르트게 순례한 다음 다시 야간열차를 타고 차기 행선지로 이동하는 강행군이었다.

기차 여행에서 내가 꿈꾼 것은 영화 〈비포 선라이즈〉 같은 상황 아니었을까. 혼자 하는 여행, 책을 뒤적이며 즐기는 한가로운 창밖 풍경. 우연히 만난 남녀가 대화를 나누다 무작정 오스트리아 빈에서 내려 하루를 보내고 6개월 후를 약속하는 결말. 하지만 당시 야간열차 속 나의 몸과 마음은 피로와 긴장으로 딱딱하게 굳어 있었다. 배낭 여행족 사이에서는 눈 깜짝하는 사이 여권과 지갑을 통째로 잃어버렸다는 소문이 자자했다. 눈꺼풀은 바위처럼 무거웠지만 숙면은 불가능했다. 설령 에단 호크가 같은 열차 안에 있었더라도 일말의 설렘을 느낄 수 없었을 것이다.

이후 나는 디자이너로, 교수로 유럽을 오가며 기차 여행의 경험을 쌓았다. 물론 낮에도 기차로 이동했다. 기차를 타고 도시에서 도시로, 나라에서 나라로 이동하노라니 학생 시절 고난의 행군 같던 야간열차 속 내 모습이 떠올랐다. 가고 싶고 보고 싶은 나라의 숫자를 줄였다면 어땠을까? 속도를 좀 늦췄다면 어땠을까? 〈비포 선라이즈〉의 주인공처럼 식당 칸에서 차를 마시고 창밖 풍경을 감상하고 국경을 넘을 때마다 달라지는 언어를 인식하며 손에 든 책장을 넘기거나 스케치를 했다면 어땠을까? 뒤늦은 후회와 아쉬움이 밀려왔다.

2019년 봄, 3개월을 유럽에서 보냈다. 오랜만에 몇 개 도시를 기차로 여행했다. 이때 몇 년 전과 다른 큰 변화가 있었다. 에단 호크처럼 멋진 남자는 아니지만 눈이 마주치면 기회를 보고 있었다는 듯이 말을 거는 사람들이 생긴 것이다. 첫 질문은 놀랍게도 "한국인이죠?"였다. 조카가 BTS 팬이다, 딸아이가 한국어를 배운다, 친구가 한국에서 일하고 있다 등 그들은 한국과의 인연으로 말문을 텄다. 2017년 촛불 집회 때 광화문에 있었다며 사진을 보여준 독일 청년도 있었다. 격세지감이다. 1990년대 중반 내가 처음 유럽 여행을 할 때는 한국이 어디 있는지도 모르던 그들이었는데.

기차 여행이 야간에서 주간으로 바뀌고, 그 사이 문화 선진국으로 위치 이동을 한 내 나라 덕분에 중간에 같이 내리자는 남자는 없었지만 기차 안에서는 꽤 많은 대화가 오갔다. 사실 요즘 스마트폰과 구글맵이 버스 배차 시간까지 실시간으로 알려 주니 서툰 언어로 누군가에게 말을 걸어야 할 일도, 계획에 없던 나라나 도시에서 잠을 청할 비상사태도 거의 없다. 물리적 공간만 낯선 곳으로 이동할 뿐 스마트폰을 손에 든 여행자의 정보력은 현지인 못지않다. 이래저래 현지인과 부대낄 기회가 희박하다.

그러니 기차 안에서 그게 비록 시한부라 할지라도, 나에 대해 내 나라에 대해 알고 싶어 하는 누군가와 말을 섞는다는 건 로맨스만큼이나 짜릿하다. 사랑한다는 것의 출발은 상대에 대해 알고 싶다는 욕망 아니던가. 여행은 몸과 마음이 외부로 열리는 시간이지만 생각의 시선을 내부로 향하게 만드는 힘이 있다. 내부로 향한 시선은 그 시선의 깊이만큼 나를 철들게 하는데, 때로는 쓰라리기도 한 그 뻐근한 느낌이 좋아서 나는 또 다른 여행을 꿈꾼다.

다시 그때로 돌아간다면 너무 많은 도시를 한꺼번에 보지 않으리라. 에단 호크를 만나지 않더라도 예정 없던 곳에서 훌쩍 내려 보리라. 혹시라도 나와 같은 생각을 하는 젊은이가 있다면 〈비포 선라이즈〉의 대화를 통째로 외우길 권한다. 한국어를 모르는 누군가와 영어로 소통해야 할 때 활용 가능한 주옥같은 문장이 넘친다. 운명의 상대를 겨우 만났는데 언어의 장벽에 무너질 순 없지 않은가.

비행기 좌석의 등급은 당연한가

딱 한 번 비즈니스석을 탄 적 있다. 시애틀에서 인천으로 오는 여정. 10년간 모은 마일리지 덕분이었다. 좌석 앞 공간은 여유 있었고 식사는 물론 식기의 질이 달랐다. 이후, 물욕이 별로 없는 내게도 비행기는 비즈니스석을 타고 싶다는 욕망이 생겼다. 물론 욕망이 모두 실현되는 건 아니고 비즈니스 탑승으로 내 욕망의 사다리가 끝나지 않는다는 것도 잘 안다.

비행기처럼 자본에 따른 차별이 당연한 교통수단이 또 있을까. 이코노미로 여행하는 것도 누구나, 아무 때나 할 수 있는 것이 아닌데 그 위에 다시 비즈니스, 퍼스트 클래스라는 층층계가 있다. 그 클래스는 커튼으로 혹은 계단으로 구분되어 지척에 있지만 훔쳐볼 수도 없다.

1994년 처음 뉴욕에서 코펜하겐으로 가던 날이 떠오른다. 스칸디나비아 항공은 전 좌석이 이코노미였지만 쾌적하고 여유로웠다. 마치 비즈니스석 같았다. 미국에서 국내 여행을 할 때마다 좁고 불편한 비행기를 경험했던 나는 티케팅에 착오가 있는 건 아닐까 의심할 정도였다. 이후 덴마크와 덴마크인은 내 개인사에 꽤 중요한 나라와 사람이 되었고, 그들과 그들 디자인에 관한 공부를 통해 그날 비행기의 특징을 이해했다.

전 좌석이 비즈니스 같던 비행기 디자인은 덴마크라는 사회의 축소판이다. 그들은 계급 차이 없이 사는 사회를 꿈꾼다. '평등함'이야말로 행복은 물론 경제적인 이익을 준다고 믿는다. 반대로 "불평등은 우울증, 중독, 체념, 그리고 조로 등의 신체 증상을 유발하며, 이는 나라 전체를 병들게 한다."(『거의 완벽에 가까운 사람들』, 마이클 부스 지음, 김경영 옮김, 글항아리, 2018, 51

쪽)고 생각한다. 그러므로 사회가 만들어 내는 모든 제도는 불평등을 최소화하는 방향으로 간다. 덴마크 사람 중 90%가 같은 삶을 영위하고 있다고 믿는다. 그들은 이웃 나라 핀란드, 노르웨이와 함께 돌아가며 유엔이 발표하는 세계 행복 순위 1등을 도맡아 한다.

이완배 기자는 그의 책 『경제의 속살』에서 노스캐롤라이나대학교 심리학과 키스 페인Kieth Payne 교수의 연구를 소개한다. 비행기의 입구는 항공사마다 조금씩 다른데, 예를 들면 이코노미 클래스는 곧장 이코노미로 들어가는 경우와 비즈니스를 통해 혹은 비즈니스와 퍼스트 클래스를 모두 통과해 들어가는 경우가 있다. 페인 교수의 연구에 따르면 "비즈니스나 퍼스트 클래스를 거친 고객들이 이코노미에서 난동을 부릴 가능성이 훨씬 높다."며, "이들의 난동 가능성은 이코노미로 직행한 승객들에 비해 갑절이나 높았다."고 한다. 이 난동 가능성은 오로지 이코노미 클래스만 있는 비행기보다 네 배나 차이가 난다.(『경제의 속살 1』, 이완배 지음, 민중의소리, 2018, 99쪽)

이완배 기자는 이를 경제학 용어인 '앵커링 이펙트Anchoring Effect'로 설명한다. 그의 말에 따르면 비즈니스와 퍼스트 클래스를 지나 이코노미석으로 간 사람에게는 방금 보고 지나왔으나 자신은 앉지 못한 "그 편안한 좌석이 새로운 앵커(기준)"가 되어 버린다. 이런 후진 좌석에 앉아 몇 시간을 가야 하다니 비행 시작부터 기분이 나쁘다. 그 감정이 바로 난동의 확률을 높인다. 나의 경우에도 단 한 번 경험한 비즈니스석이 그만 앵커가 되어 버린 게 아닌가. 덴마크를 비롯한 북유럽 국가

들이 행복한 이유는 잘 살기 때문이 아니라 골고루 잘 살기 때문이다. 그리고 그게 어떻게 작동하는지를 잘 볼 수 있는 곳이 바로 그들의 비행기에서다.

더 많은 비행기가 그렇게 됐으면 좋겠지만 세상은 기대보다 느리게 진보하는 법이니 임산부, 어린아이를 동반한 사람, 장애인, 노약자 등을 배려하는 지침부터 보편화되길 바란다. 사실 최근 저가 항공사의 비행기를 타 보면 내가 승객이 아니라 짐이라고 느껴진다. 경쟁이 심해지면서 비행기가 마을버스처럼 흔해졌고 서비스의 질은 끝없이 하락하고 있다. 그러니 그 상황에서 장애가 있거나 보호가 필요한 어린아이를 동반했다면 얼마나 힘들까.

2001년 막 돌이 지난 딸아이와 함께 파리행 비행기, 에어프랑스를 탔다. 우리의 좌석은 이코노미석 맨 앞줄 복도 자리. 게다가 내 오른쪽 좌석은 비어 있고 반대쪽 끝자리에는 딸아이 또래의 아들을 데리고 탄 여성이 앉았다. 처음 보는 사인데도 우리는 눈인사를 나누며 안도했다. 좌석을 한껏 뒤로 젖히면서도 뒷자리의 상황을 전혀 살피지 않는 무개념의 누군가를 걱정할 필요 없고, 기저귀를 갈고 수유를 하며 아이를 돌볼 수 있는 최상의 조건이었다. 지금은 추가 비용을 받지만 예전에는 복불복이었다.

비행기가 이륙하자 바로 뒷자리에 있던 점잖은 어르신이 여러 번 스튜어디스를 불러, 비어 있는 우리 옆자리로 옮겨 달라고 요구했다. 어르신은 부당한 일이라도 바로잡겠다는 듯 당당했고, 아이를 동반한 우리는 잘못이라도 저지른 어린아이처럼 숨을 죽였다. 다행히 직원은 눈 하나 깜짝하지 않았다. 빈자리는 아이를 동반한 승객에게 꼭 필요한 공간이라는 스튜어디스의 설명이 등 뒤로 넘어왔다. 뭔가 굉장한 뒷배라도 있는 듯 든든했고 긴 시간 큰 불편 없이 보낼 수 있었다. 어르신의 불평이 한동안 지속되었지만 자리가 가진 특혜에 비하면 참을 만했다.

순전히 개인적인 내 경험으로 비춰 보면 에어프랑스나 파리는 어린아이를 동반한 여성을 향한 "먼저 하세요 You, first." 가 암묵적으로 합의된 듯했다. 사실 프랑스, 파리지엥에 대한 나의 첫인상은 좋지 않았다. 소문대로 그들은 참 불친절했다. 하지만 겨우 걷기 시작한 어린아이를 동반한 여성에게 보여 준 그들의 관심, 배려, 친절은 특별했다. 혼자 여행할 때는 몰랐던, 어린아이와 함께 있다는 것만으로도 내게 가중된 불편과 불안을 잠재우는 데 큰 힘이 되었다. 비행기로 장시간 이동할 수밖에 없는 다양한 조건의 약자들을 어떻게 배려할 것인가에 대한 고민과 철학의 결과다.

한 나라의 인권 지수라는 것은, 사회에 속한 약자를 다루는 법과 제도로 드러난다. 비장애인, 이성애자, 남성, 성인, 백인(한국인), 정규직, 서울 강남 등이 아닌 소위 비주류의 사람들이 살 만한 곳인가 질문해야 하고, 살 만한 곳으로 만드는 것이 정치의 역할일 것이다. 그 역량을 발휘해 어쩌면 등급 차이가 당연하다고 여겨지는 비행기 안에서도 그 간극이 최소화되길 바란다.

크루즈의 추억, 크루즈의 상처

덴마크 유학 시절 수강한 수업 과정에는 핀란드의 건축과 디자인을 답사하는 일주일간의 투어가 있었다. 나를 비롯한 학생 대부분은 난생처음 스물세 시간에 걸쳐 발트해를 건너는 실자 라인Silja Line에 올랐다. 숙소는 배의 가장 아래 4인 1실 C 클래스였다. 실질적으로 바다 아래 가라앉은 곳이다. 방과 욕실은 비좁아서 키가 큰 미국인 친구가 샤워할 때 여기저기에서 몸을 부딪치는 소리가 났다.

벌써 30년 가까운 세월이 흐른 지금, 숙소에 대한 기억은 거의 없다. 답답했을 수도 있고 불편했을 수도 있다. 바다를 향한 창문이 있는 방을 부러워했을 수도 있다. 하지만 그걸 압도하는 다른 기억들이 백 배는 더 선명하다. 카지노, 노래방, 오락실, 공연장, 면세점, 수영장 등이 끝없이 이어지는 크루즈 안에서 이십 대 초중반 청춘들이 객실에 머무는 시간이 얼마나 되었겠는가.

투어를 기획한 학교에서는 저렴한 숙소를 잡는 대신 매끼 식사는 최고급 뷔페로 예약했다. 비싼 북유럽 물가에 벌벌 떨며 직접 만든 샌드위치와 가족이 보내 준 종류별 컵라면으로 한 달 반을 버틴 우리는 싱싱한 해산물로 뒤덮인 뷔페 테이블 앞에서 그야말로 정신을 잃었다. 두 시간을 꼬박 채워 머무르며 먹는 즐거움을 만끽했다. 생선이나 굴을 먹지 못하는 친구들이 제법 있다는 사실도 그때 처음 알았다. 내가 상관할 바는 아니지만 그때의 안타까움이라니. 키즈 코너에서 소시지와 햄버거를 먹는 그들을 바라보며 진심으로 가슴이 아팠다.

식도락을 뛰어넘는 또 하나의 즐거움이 있었으니. 바로 12

층 덱에서 펼쳐지는 북유럽의 한여름 밤하늘과 바다의 앙상블이었다. 나와 친구는 그날 밤 내내 함께 덱에 머물렀다. 우리는 저녁 식사를 한 후 칼스버그 맥주를 한 병씩 사 들고 올라가 서서히 걷다가 빈 의자에 앉았다. 밤 11시에도 하늘색은 더 짙어지지 않았다. 군청색 물감이 묻어날 듯한 하늘이 바다와 합쳐지자 배가 아니라 우주선을 탄 것 같다. 시속 20km로 달리는 배가 별장이 있는 작은 섬들 사이를 느리게 빠져나가는 구간에서는 동화 속 주인공이 된 기분이었고, 요트를 타고 지나가는 사람들이 배를 향해 손을 흔들면 '나도 언젠가는 저런 삶을 살아야지'라는 생각이 들었다.

다양한 국적과 연령대의 사람들이 우리처럼 덱에 나와 시간을 보냈다. 무리를 지어 다니며 맘에 드는 이성에게 말 걸 기회를 보는 젊은이들, 긴 대화를 이어가는 노부부, 아이들과 평화롭게 시간을 즐기는 젊은 부부, 진한 스킨십을 연출하는 연인, 쉴 새 없이 사진을 찍는 단체 관광객까지. 선상 덱은 여러 편의 영화가 동시에 상영되는 영화관 같았다. 그때의 하늘과 바다 색이 내가 보고 자란 하늘, 바다 색과는 다른 '처음 본 색깔'이라고 했더니 하와이에서 온 그 친구는 "한국의 하늘과 바다 색이 궁금하다. 보고 싶다."고 말했다. 하와이는 가보지 않아 알 길 없는 나는 지금 우리가 보고 있는 북유럽의 그것보다 훨씬 투명하고 친절한 빛깔이라고 말했다.

우리나라에도 다양한 크루즈 라인이 있다는 것, 많은 사람이 북유럽 사람들처럼 배를 타고 제주에 들어간다는 것을 뒤늦게 알았다. 여행하면 무조건 일본, 미국, 유럽만 생각하던 나는 내 나라 내 땅에 대해서 무지했다. 제주도를 누가 배를 타고 가나 싶었다. 고등학생들이 인천에서 출발하는 배를 타고 밤새 달려 제주에 도착하는 여정을 수학여행으로 선택한다는 것은 2014년 4월에야 알았다.

같은 해 가을 덴마크 디자이너 닐스 바스Niels Hvass가 서울을 방문했을 때 길에서 흔히 만날 수 있는 노란 리본을 보며 세월호 참사에 대한 이야기를 나눴다. 닐스는 1959년 1월 30일 발생한 덴마크 선박 사고를 언급했다. 한스 헤드토프트Hans Hedtoft호가 서부 그린란드에서 빙산에 부딪혀 승객 95명 전원이 사망한 참사였다. 10개국에서 모금 활동이 이어졌고 희생자 가족에 대한 충분한 보상금이 주어졌다. 그러고도 45년이 지난 2005년 1월 30일 마가레트 여왕은 희생자를 기억하는 기념비를 세웠다.

그 사고는 여전히 덴마크인에게 큰 상처로 남아 있다. 단 한 명의 희생자를 찾지 못했고, 침몰 9개월 뒤 발견된 구명 튜브가 배의 흔적과 상처를 알고 있는 유일한 물건이었다. 그들은 희생자의 가족, 친구, 이웃이 여전히 살아 있는 한 상처는 결코 치유될 수 없다는 걸 배웠다고 했다. 이제 막 몇 개월의 세월을 보낸 당시의 나는 갑자기 아득했다. 우리는 얼마나 더 살아내야 치유와 기억의 시간으로 나아갈 수 있을까? 동시에 그런 생각도 했다. 아, 이건 아주 긴 싸움이구나. 진실에 다가가려면 마음 근육을 훨씬 단단히 해야 하는 일이구나.

2014년 이후 내게는 크루즈에 대한 트라우마가 생겼다. 다시 북유럽에 가게 되더라도, 투르쿠로 가는 길에 본 하늘이 눈앞에 삼삼해도 크루즈를 탈 수 있을지 모르겠다. 희생된 아이들과 비슷한 또래의 딸을 둔 내 눈앞에서 진도 앞바다의 장면이 TV로 생중계되었다. 그 장면을 보는 것만으로도 피부가 난도질당하듯 아팠다. 목포 앞바다에 모로 누워 있던 녹슨 세월호와 그 앞에서 펄럭이던 노란 리본의 모습도 생생하다.

참사만으로도 충분히 고통스러운데 그 상처 위에 우리는 국론 분열이라는 소금까지 뿌렸다. 삼풍백화점이나 성수대교 붕괴 사고의 경우 희생자에 대한 안타까움만은 온 국민이 하나였던 것에 반해, 세월호 희생자와 그 가족에 대해선 완벽히 양분되었다. 정말 이상하지 않은가. 날벼락처럼 자식을 앞세우고 죽음의 이유를 찾아 헤매는 사람들에게 '세월호가 지겹다'는 부모 된 자들의 마음을 이해할 길이 없다.

삼풍백화점 생존자 산만언니의 말처럼 "생의 어떤 불행이든 그 일을 이해할 수만 있으면, 설령 전쟁이라 해도 잊고 살 수 있다. 하지만 왜 일어났는지, 대체 누가 그렇게 만들었는지, 그 일이 어째서 나에게 일어났는지 짐작조차 하지 못한다면 그 불행은 평생을 가도 잊지 못하는 사건"(『저는 삼풍 생존자입니다』, 산만언니 지음, 푸른숲, 2021, 45쪽)이 된다. 그러니 진실 찾기를 멈추거나 포기해선 안 된다. 세월호 희생자와 유가족은 물론 이 땅에서 안전하게 살아가야 할 모두를 위해서.

"인간은 섬이 아니다."

존 던

3장

제3의 공간에 앉다

팬데믹 시대 지역 카페의 변화

벌써 10여 년 전 여름 방학. 나는 월악산으로 가는 길, 미륵사지에서 멀지 않은 곳 어느 카페에서 박사 논문을 썼다. 학기 중에는 밀려드는 학생들로부터 숨을 돌리기 위해 문을 걸어 잠그기도 하는데 막상 방학이 되어 캠퍼스가 텅 비면 인기척이 그립다. 그 속에 홀로 남겨지면 오히려 집중이 잘 안 된다. 그래서 도망치듯 선택한 공간이 그 카페였다. 집에서 차로 30분 정도 거리. 요즘엔 좀 멀게 느껴지는데 그때는 해야 할 일을 미룰 때 괜히 책상 정리하는 심정으로 그 시간을 즐겼다. 당시 내 맘을 흔들던 바비킴의 CD를 들으며 매일 카페를 향했다.

요즘은 전국적으로 이름이 알려져 찾는 사람이 제법 많아졌지만, 그때만 해도 주중 낮에는 나 같은 사람이 죽치고 있기에 적당히 한가했다. 섬세한 안목을 가진 주인장 부부가 사들인 독특한 앤티크 가구와 소품을 감상하는 즐거움이 컸고, 날씨에 맞게 선곡한 재즈 음악은 힐링과 집중에 모두 효과적이었다. 좋은 원두로 천천히 내린 커피와 디저트에서 풍기는 냄새도 좋았다.

카페 내부를 가로질러 발코니로 나서면 월악산 일부가 가파르게 시선을 가로막는다. 숨을 크게 들이마시면 공기의 맛이 다르다. 그제야 저 아래 투명하게 흐르고 있는 송계계곡의 물소리가 들린다. 그 푸르름, 청명함에 한동안 넋을 놓고 있으면 나도 좀 봐 달라는 듯 이번에는 하늘의 구름 떼가 몸을 움직여 풍경의 그림자를 바꾼다. 고개를 한껏 쳐들어 하늘을 본다. 몸과 마음으로 신선하고 맑은 에너지가 들어온다. 그쯤 되면 노트북을 펼치지 않을 핑계가 없다.

나는 주로 카페 가장 안쪽 2인용 테이블에 앉았다. 시선은 월악산 방향으로 둔다. 그래야 노트북에서 눈을 들었을 때 다른 방에 앉아 있는 사람들과 창문을 넘어 비집고 들어오는 조각난 산세를 즐길 수 있다. 쉬고 싶을 땐 방과 발코니를 왕복했다. 몇 미터지만 기분 전환에 충분한 거리다. 박사 논문을 쓰던 그해 여름, 개인적인 어려움이 여러 겹 덮쳤다. 시간만이 약이었는데 그 여름의 시간은 도통 갈 생각을 안 했다. 논문을 미룰까, 포기할까 단 하루도 생각하지 않은 날이 없었다. 온종일 한 자리에서 깜박이는 커서를 바라본 날도 있다. 지금 생각해 봐도 그 시간을 어찌 건너왔을까 싶다.

공기 좋고 물 맑은 산속 카페에 두 달을 하루처럼 드나들며 매달린 덕에 논문의 끝이 보였다. 노트북을 째려보면서 이제 정말 아니다 싶어 벌떡 일어나 몇 분 서성이다가도 슬쩍 꼬리를 내리고 자리에 앉아 노트북을 펼쳤다. 그러길 몇 번이나 반복했을까. 그 여름 내게 휘몰아쳤던 문제는 하나도 해결되지 않았지만, 월악산 자락 카페를 집필 장소로 선택한 덕분에 논문을 마칠 수 있었다.

그때 한 가지 깨달음이 왔다. 긴 호흡이 필요한 무언가를 완성하려면 집중과 휴식 둘 다 필요하구나. 그 둘 사이를 대단한 결심 없이 쉽고 간단히 왕복할 수 있어야 하는구나. 그런 상황과 장소를 나의 것으로 만드는 것이 중요하구나. 매일 출근해서 편히 머무는 카페의 존재가 컸다. 연구실이었다면 절대 불가능했을 것이다.

최근 다녀온 제주 여행에서도 나는 책과 집필 자료를 들고 식음 공간을 찾았다. 월악산 자락 카페처럼 집중과 휴식이 가능한 곳이 숙소에서 멀지 않은 성산읍에 있었다. 외관은 무덤덤한 두 개의 박스였으나 어디에 앉느냐에 따라 제주의 바다, 하늘, 바람, 돌, 유채꽃, 갈대의 질감이 전혀 다르게 감지되었다. 거기에 세피아블루 색 유리의 겹쳐진 단면, 아이소핑크 거품집으로 만들어낸 주상절리 질감, 붉은색 벽돌과 연두색 타일 등이 각자의 자리에서 한껏 물성과 색감을 드러냈다. 나는 그 변화와 다양함이 좋았다.

1층 창가 자리, 일행은 창문을 향해 나란히 앉았다. 계단실 좌석의 다양한 높이와 시선의 방향은 모두 창밖을 향했지만 조심스럽게 비켜 가며 조화를 이뤘다. 높이를 조금만 달리해도 각도를 조금만 틀어도 부담되는 서로의 시선에서 자유로웠다. 책 읽기와 집필에 지치면 2층 옥상 공간에 나갔다. 바람이 제법 불었지만 사람들은 옥상에서 여유를 즐겼다. 멀리 성산일출봉과 우도를 길게 바라보다 시선을 아래로 떨구면 카페 주위의 수변 공간과 넓은 주차장, 정신없이 춤추고 있는 유채꽃과 갈대가 보였다.

설계자는 이곳에 머무는 사람들이 주변 환경과 원활히 접속하기 위해 '무엇을 할 것인가' 대신 '무엇을 안 할 것인가'를 치열하게 고민했음이 분명하다. 설계자의 표현을 빌리자면 '자연과 관계하기 위한 공간적 노력'이다. 밖으로 나오니 동쪽 건물의 계단식 좌석에 앉아 있는 사람들이 보였다. 좀 전에 내가 앉았던 자리다. 제주 오름을 형상화했다는 콘셉트가 그곳에 머무는 사람들의 몸짓으로 분명해진다. 다른 계절, 다른 시간에 온다면 또 다른 것이 감지될 것이다. 그게 궁금해서 제주에 온다면 나는 또 이곳에 오게 되지 않을까.

이제 내게는 학교와 집에서 10분 이내에 도달할 수 있는 몇 개의 집필 공간이 더 생겼다. 구도심의 좁은 골목길 속에 차분하게 자리 잡거나 인근에 산책로가 있으면 더 좋다. 이런저런 핑계로 연구실에 가고 싶지 않을 때마다 그들 중 한 곳으로 출근한다.

미국의 사회학자 레이 올덴버그Ray Oldenburg는 인간이 행복하기 위해선 집이나 일터 외에 스트레스 해소와 에너지 충전을 위한 별도의 공간, 즉 '제3의 공간'이 필요하다고 말했다. 그는 최근 진행한 여러 연구를 통해 행복한 사람들, 행복한 공동체에는 모두 제3의 공간이 있다는 점을 증명했다. 대중적인 사례로는 카페가 있다. 노트북과 일거리를 가지고 혼자 자리를 지키는 디지털 노마드족의 사무실이나 작업실로 활용된다. 독서 모임, 논문 모임, 기획 회의 등이 이뤄진다. 집 혹은 직장에 업무 공간을 잘 갖춘 사람도 카페를 애용한다. 공적인 영역에 나와 사람을 만나고, 그곳에서 존재하고자 하는 인간의 욕망은 행복 추구의 보편적인 특징이다.

우리 주변에는 왜 그토록 많은 카페가 있는가? 아파트가 단독주택과 골목을 차지하면서 사라진 제3의 공간을 카페가 대신하기 때문이라고 말하는 사람이 있다. 카페의 존재는 단순한 식음 공간이 아니다. 누군가의 공부방이고 집필 공간이고 회의실이다. 적당히 놓인 테이블과 의자에 시선이 머물면 그냥 가서 앉으면 된다. 볕이 드는 창가, 안락한 의자와 쿠션이 더해지면 만족감은 배가 된다. 집, 학교, 직장에 별다른 대안이 없는, 주머니가 가벼운 프리랜서, 대학생, 취업준비생에게는 절대적인 공간이다.

그래서인지 코로나19의 여파로 거리두기가 강화되면서 내가 이용하던 카페가 의자를 포개 놓고 테이크아웃으로만 운영할 때 허전하고 섭섭한 마음을 금할 수 없었다. 써야 하는 글의 부진함이 카페 때문인 것 같았다. 팬데믹 시대에 카페는 어떻게 진화할 것인가? 코로나19처럼 물리적 접촉이 위축되는 상황일수록 카페는 더 소중히 섬세하게 보호되고 진화해야 할 제3의 공간이다.

편의점이 궁금하다

2022년 2월 현재 코로나 방역 방침에 따라 밤 9시 이후에 갈 수 있는 식음 공간은 없다. 모처럼 충주를 찾은 지인과 늦은 식사를 하고 헤어지기 아쉬워 생각해낸 곳이 편의점 앞 벤치였다. 편의점에 들어가 뭘 마시면 좋을까 둘러보는데, 검은색 패딩을 입은 고등학생들이 우르르 들어왔다. 그들은 2+1, 1+1을 잘 조합해서 나눠 먹을 궁리를 하고 기다렸던 초콜릿이 마침 세일을 한다며 화들짝 반가워했다. 그리곤 아직 9시 전이라면서 테이블에 둘러앉았다.

우리는 밖으로 나와 도로에 놓인 의자에 앉았다. 어둠에도 훤히 보이는 뽀얀 먼지를 물티슈로 닦았다. 생강차 한 잔을 앞에 두고 호호 불며 한 모금 마시자 먼 곳으로 여행이라도 온 것 같았다. 절대 잠들지 않는다는 뉴욕이나 서울 같진 않더라도 평소라면 사람의 움직임이 활발할 충주의 밤 9시는 불 꺼진 가게의 파사드와 함께 적막 속에 가라앉았다. 3년째 지속되는 코로나 환경에 익숙해질 만도 한데 여전히 낯설다.

9시 이후 친구와의 차 한잔 외에 내 삶과는 별 접점이 없던 편의점에 최근 관심이 간다. 타지로 이사를 한 딸아이가 제때 식사를 챙겨 먹지 못하는지 학교와 집 근처 편의점에 관한 이야기를 늘어놓는다. 제휴 카드나 각종 포인트를 잘 활용하면 경제적 소비가 가능하다며 자랑한다. 집에서 가까운 편의점은 최소한의 물건만 진열되어 있고, 한 블록 건너 편의점 주인은 매장을 청결하게 관리하며, 또 다른 편의점에는 아이스크림이 뒤섞여 있어 찾기가 어렵다고 한다.

역시 어떤 것이든 내 문제가 되어야 앎의 욕구가 발동한다.

딸아이 삶과 편의점은 얼마큼이나 밀접할까? 편의점의 이모저모가 궁금해진다. 딸아이가 사 먹는 삼각김밥의 재료는 괜찮을까? 도시락이나 샌드위치는 어떤 경로로 만들어지고 판매되는가? 바 테이블에 앉아 삼각김밥과 컵라면을 먹는 청춘들의 모습이 남 같지 않다. 그들은 일주일에 몇 번이나 편의점 식사를 할까? 계산대에 서 있는 딸아이 또래의 아르바이트생이 받는 시급이 얼마인지, 저 아이는 몇 시간째 계산대를 지키는지, 야간에 일하는 동안 안전한지도 궁금하다.

코펜하겐에서 공부하던 1994년 여름, 시내 중심의 보행자 도로에 세븐일레븐이나 버거킹 등 프랜차이즈 입점이 예고되면 시민들은 광장에 모여 규탄하고 반대했다. 몇 개월 뒤면 결국 가게가 들어서곤 했지만, 그와 관련된 기사가 신문 1면에 대문짝만하게 실리며 대대적인 논쟁을 불렀다. 그들은 세계 어딜 가나 똑같은 모습을 한 편의점이 코펜하겐 구도심에 들어서는 것을 극도로 싫어했다. 사실 그건 여행자인 나로서도 환영할 일은 아니다. 비행기를 열 시간 넘게 타고 간 곳에서 익숙한 것을 만나고 싶지 않으니까.

덴마크 친구들은 이를 '편리함Convenience'과 '편안함Comfort'의 차이로 설명했다. 이 두 가지 개념은 상호적이라 지나치게 편리함을 추구하면 편안함을 잃게 된다는 거였다. 편안함은 덴마크 사람들이 중요하게 생각하는 '휘게Hygge'와 맞닿는다. 휘게는 혼자 또는 가족, 친구와 함께 즐기는 소소한 일상, 안락한 환경에서 얻는 행복을 뜻하지 않는가. 새벽 1시에 시원한 맥주 한 캔을 살 수 있고 따끈한 피자를 배달해 먹을 수 있는 편리함은 대개 누군가의 편안함을 희생한 결과이므로 그 정도의 불편함은 모두가 나눠 감당하자는 합의다.

우리나라는 편의점 최초 발생지인 미국과 그 뒤를 따르는 일본, 대만과 함께 인구수 대비 가장 많은 편의점 수를 자랑한다. 편의점이 없는 골목은 없다. 전원주택을 꿈꾼다고 말하다가도(편안함) 은근슬쩍 대규모 아파트 단지에 정착하게 되는 것처럼(편리함), 우리는 지역의 고유한 가게보다는 친숙한 간판의 편의점을 찾는다. 카운터의 기계가 건네는 질문에 고개를 젓거나 끄덕이며 말을 섞을 필요 없는 편리함에 적응한다. 그래서인지 편의점을 주제로 한 책이 다양하다. 나는 김호연의 『불편한 편의점』, 무라타 사야카村田沙耶香의 『편의점 인간』, 전상인 교수의 『편의점 사회학』 등 편의점을 소재로 한 소설과 에세이를 흥미롭게 읽었다. 편의점은 어쩌면 표면적으로는 선진국이 되고도 선진국답게 살기 어려운, 그렇게 살지 못하는 대한민국의 복잡다단한 모습을 담고 있는지도 모르겠다.

사실 편의점의 외부 벤치 설치는 불법이고, 편의점 내외부에서는 주류를 마실 수 없다. 이 모든 것은 식품위생법, 건축법, 도로법, 주차장법 등의 규제를 받는다. 특정 지역에서는 음주, 고성방가, 쓰레기 투척, 담배 연기 등으로 겪는 불편과 고통도 심하다. 그럼에도 편의점주 입장에서는 매출에 도움이 되기 때문에 불법인 줄 알면서도 야외 벤치를 내놓게 된다. 나도 별생각 없이 야외 벤치를 사용했다. 선택의 여지가 있다면 내부보다는 외부 공간이 좋다. 자연광, 바람의 에너지를 느낄 수 있어 쾌적하고, 지나가는 사람들을 관찰하는 재미도 있다.

편의점이란 "물건이든 돈이든 충전을 하고 떠나는 인간들의 주유소."라고 한 『불편한 편의점』(김호연 지음, 나무옆의자, 2021, 243쪽)의 독고 씨 말이 상징하듯이 편의점은 이미 우리 삶 깊숙이 들어와 있다. 전상인 교수는 이렇게 말했다. "질적인 차원에서 편의점은 더 이상 단순한 소매 유통업이 아니다. 가게로서, 빵집으로서, 약국으로서, 문방구로서, 꽃집으로서, 사진관으로서, 금은방으로서, 가전제품 대리점으로서, 만화방으로서, 식당으로서, 술집으로서, 카페로서, 은행으로서, 여행사로서, 주민 센터로서, 우체국으로서, 파출소로서, 어린이집으로서, 복지 기관으로서, 구호 시설로서, 문화 센터로서 시나브로 편의점은 '천의 얼굴'을 갖게 되었다."(『편의점 사회학』, 전상인 지음, 민음사, 2014, 154쪽)

그렇다면 편의점 야외 벤치에서 일어나는 돌출 행동보다는 편의점이 일상이 되어 버린 사람들에게 초점을 맞춰 보면 어떨까. 법과 제도를 정교하게 다듬어서 주머니가 가벼운 사람들에게 더 당당한 제3의 공간이 되면 어떨까. 아직은 실현되지 않은 각자의 꿈을 찾아 신발이 닳도록 뛰고 있는 청춘이나 엉거주춤 사회에서 밀려나 고독 속에 침묵하고 있는 어르신, 어떠한 이유로든 명절에 홀로 밥을 먹어야 하는 싱글족의 삶을 돕는 공간으로 발전시키는 것이다. 한껏 성숙해진 우리의 시민 의식을 믿어보는 것도 좋겠다. 대다수의 사람이 지키지 않는(지킬 수 없는) 법이 있다면 그건 사람의 문제가 아니라 법의 문제일 테니 말이다.

『편의점 인간』의 주인공은 "손님에게 편의점은 그저 사무적으로 필요한 물건을 사는 곳이 아니라 좋아하는 것을 발견하는 즐거움이나 기쁨이 있는 곳"(『편의점 인간』, 무라타 사야카 지음, 김석희 옮김, 살림, 2016, 185쪽)이라고 말한다. 『불편한 편의점』 속편의점은 과거의 실수, 장애를 안고 살아가는 사람들이 몸과마음을 추스릴 수 있는 중간 지대다. 좋든 싫든 이미 우리 사회의 자원이 된 편의점을 잘 가꿔 나가야 할 이유가 줄을 잇는다. 나처럼 코로나 시국에서 헤어짐을 아쉬워하는 사람과의생강차 한잔을 위해서라도.

생활밀착형 라이프스타일숍, 빨래방

서울에서 태어나 서울에 있는 대학에 진학한 나는 타국으로 유학을 가면서 처음 부모로부터 독립했다. 경제적 도움 없이 살지 못했으니 엄밀히 이야기하자면 '독립'이라기보다 물리적 공간의 '분리'다. 자취 생활을 하면서 집 밖에서의 빨래가 시작되었다. 기숙사 지하와 대학촌에는 빨래방이 있었는데, 아직은 우리나라에 보편화되지 않았던 시설이었으므로 나름 신기했다. 투박하고 거대한 세탁기와 건조기가 있는 빨래방은 공장의 기계실을 연상시켰다. 기계치인 나는 빨래 한 번 돌리는 데 선택해야 할 세탁기와 건조기 버튼의 옵션이 그토록 많다는 것에 적잖이 당황했다.

한국에서 빨래는 계절, 날씨와 밀접하게 연동된 일상이었다. 겨울이면 수분을 품은 두툼한 옷 때문에 가습기가 필요 없었고, 한여름 한나절이면 금세 뽀득해지는 양말을 보며 나그네의 옷을 벗긴 해님의 힘을 실감했다. 장마철이면 집에 있는 선풍기가 모두 동원되어 집안 전체에서 빨래가 춤추는 풍경을 만들었다. 그런 행위가 다소 불편하다고 생각했을까. 빨래방 건조기에서 뜨근하게 마른 옷을 접을 때면 참 편리하다고 생각했고, 귀국할 때 건조기 하나는 사 가고 싶다는 생각을 했다.

내 유학 시절의 경험 때문인지 나는 미국 시트콤 〈프렌즈〉나 영화에 등장하는 빨래방을 보면 반갑다. 세탁기 작동에 서툰 누군가가 어른 옷을 아이 옷 사이즈로 줄여 버리고, 물 빠지는 분홍색 양말을 잘못 넣어서 모든 옷이 분홍색이 된다. 세탁물을 넣어 옮기는 카트를 서로 차지하겠다고 티격태격한다. 건조기에서 나온 양말을 엉덩이에 붙인 채 집까지 가는 일도 있다. 그런 일은 실제로도 자주 일어났다.

영화 속 빨래방은 주로 공포나 스릴러물에 등장했다. 낡은 아파트 지하, 조도가 낮은 빨래방에서 주인공이 책을 보고 있으면 전구의 필라멘트가 지직거리며 불이 나간다. 안 그래도 빨래방에 혼자 가지 않고 빨래를 넣고 빼는 시간 외에는 머물지 않았지만, 그런 영화를 보고 나면 한동안 빨래 자체를 게을리하게 된다.

건조 시간까지 합치면 족히 세 시간, 나와 친구들은 주말에 시간을 맞춰 빨래방에 함께 갔다. 통째로 세 시간이 아니라 빨래가 끝나면 건조기로 옮겨야 해서 두 동강이 나는 시간이다. 색깔이 있는 옷, 예민한 옷이 있는 경우에는 더 긴 시간이 필요했다. 빨래방 안에는 플라스틱 의자가 몇 개 놓여 있었으나 거기에 앉아 시간을 보내는 사람은 거의 없었다. 대부분은 빨랫감을 넣어 둔 채 어디론가 사라졌다.

우리는 세탁기와 건조기가 열심히 돌고 있는 사이, 비디오를 빌려 함께 보기도 했고, 근처 카페, 피자 가게, 아이스크림 가게를 찾아 수다를 떨었다. 헌책방의 구석 자리도 좋았다. 날씨가 좋으면 근처 공원까지 걸었다. 유학 생활 중 꽤 즐거운 추억이 그 자투리 시간에서 생겼다. 지금처럼 각자의 손에 스마트폰이 있었다면 만들어지지 않았을 추억이다.

최근 국내 빨래방을 보면 빨랫감을 넣어 놓고 밖으로 돌 필요가 없다. 빨래방이 카페, 네일숍, 세차장, 복권판매점 등 다양한 요소와 속속 결합하고 있다. 드라이클리닝과 수선이 가능한 세탁소를 함께 운영하며 전문성을 강조한 곳도 있다. 주변 상권을 분석한 결과일 것이다. 머무는 시간이 긴 만큼 의자와 테이블 등 인테리어 요소에 대한 인간공학적, 감각적 선택도 중요하다. 그곳에서 사람들은 책을 보거나 차를 즐기며 시간을 보낸다. 빨래 때문이 아니라도 친구를 만나기 위해 방문한다. 중장년층 이용률도 높지만 아직은 이십 대 사용자가 많다. 그들에게 빨래방은 생활밀착형 라이프스타일숍이다.

2020년 말 화제가 되었던 청년공유주택 기사를 보자마자 나는 그 정책이 부디 성공하길 바랐다. 유휴 건물을 재활용한다거나 주변보다 저렴한 임대료 등의 장점 때문이기도 했지만, 무엇보다 입주자들이 누릴 수 있는 다양한 공유 시설 때문이었다. 젊은 청춘들이 연고 없는 낯선 도시에서 취미 생활을 함께 즐기며 고민과 생각을 나눌 수 있는 곳이 생긴 셈이다. 기성세대가 비로소 청년들에게 면이 서는 주거 정책을 마련한 것 같아 기뻤다. 그곳에는 당연히 빨래방도 있다. 얼마나 많은 사랑과 우정과 만남이 봄꽃처럼 솟아오를 것인가. 생각만으로 내가 다 설렌다.

코펜하겐 유학 시절에 내가 머문 기숙사가 오늘날 대한민국의 청년공유주택과 비슷했다. 방은 다섯 평이 채 안 되는 작은 크기였으나 기숙사 1층에는 입주민을 위한 공동 주방, 빨래방, 독서실, 운동 시설, 세미나실 등이 풍성했다. 우리는 잠자는 시간을 제외하고는 늘 그 공간을 맴돌았다. 바로 그곳에서 우리는 학교에서도 만나지 못한 다양한 국적의 친구들을 만나 자국의 음식을 나눠 먹으며 우정을 쌓았다. 특정 나라에 대한 근거없는 부러움, 혹은 두려움이 그 시간과 함께 사라졌다. 예로부터 우리 조상은 빨래터에서 이웃을 만났고 수다를 떨었다. 빨래터는 여인들만의 고된 노동 현장이기도 했으나 막힌 속을 푸는 사랑방이기도 했다. 각종 유언비어의 집산지이며 동시에 시작점이기도 했다. 그러고 보니 최근 진화하는 빨래방이야말로 제3의 공간에 필요한 조건을 모두 갖춘 곳이 아닐까.

대학 캠퍼스 안 제3의 공간

지금도 존재하는지 모르겠다. 내가 다니던 대학교에는 여학생 휴게실이 있었다. 왜 여학생만 전용 휴게실이 있는지, 남학생 휴게실도 어딘가에 있는지 등을 생각했던 것 같다. 신발을 벗고 들어가면 몇 개의 실로 나뉜 공간은 담배 연기로 자욱했다. 지하철 플랫폼에서도 흡연이 가능하던 시절이었지만 여성이 공개적인 장소에서 담배를 피우기 쉽지 않았던 터라 여학생 휴게실에는 흡연자가 많았다. 생리통이 심해서 허리를 펴지 않고는 견딜 수 없을 때를 제외하고는 그곳을 사용하지 않았다.

내게는 여학생 휴게실과 강의실을 제외하고도 편히 머물 수 있는 캠퍼스 안 제3의 공간이 더 있었다. 첫째는 학생회관에 옹기종기 모여 있던 동아리방이었고 나머지 하나는 미술대학 실기실이었다. 나는 창작곡 동아리 회원이었다. 거의 모든 동아리방이 비슷할 거라 생각하는데, 다섯 평이 채 안 되는 작은 방 한가운데에 네모난 테이블이 있었고 테이블을 둘러싼 의자가 놓여 있었다. 테이블 위에는 동아리 회원들이 작곡한 노래 악보 파일이 굴러다녔다.

우리보다 더 오랜 시간 동아리방을 지킨 기타와 노래집의 손짓 때문이었을까. 그곳에 앉으면 늘 누군가의 반주에 맞춘 독창과 합창이 이어졌다. 한바탕 목청 높여 소리를 지르고 나면 이런저런 스트레스가 날아가 다시 수업으로, 실습으로, 실험으로 돌아갈 에너지를 얻었다. 물론 이어지는 노래 릴레이에 은근슬쩍 수업의 존재를 잊기도 했다.

동아리방에는 다양한 전공의 친구가 있었다. 미술대학의

규모가 컸던 모교에는 입학 전부터 미술학원이나 고등학교 미술부에서 형성된 견고하고 광범위한 네트워크가 있었다. 동아리 활동이 아니라면 미술대학 외의 친구를 사귀기 쉽지 않았다. 내 편협한 인간관계를 확장할 기회이자 계기였다. 마음에 드는 친구가 있으면 괜히 더 자주 들락거리며 우연한 스침을 빌었다.

스마트폰은커녕 삐삐도 없던 시절이었으니 동아리방 한쪽 벽에는 사연을 담은 색색의 메모가 주렁주렁 붙었다. 실제로 동아리에서 만나 커플이 되고 결혼을 한 친구도 많다. 그보다 수십 배는 더 많은 이별, 갈등, 어긋남도 있었지만. 동아리방은 특별한 일이 없어도 언제든지 훌쩍 문을 열고 들어갈 수 있는 전형적인 제3의 공간이었다.

미술대학 실기실도 꽤 중요한 제3의 공간이었다. 미술대학 생이 아닌 다른 친구들이 도서관, 학생회관 휴게실 등으로 흩어질 때 나는 실기실로 향했다. 실기 실습이 필요한 전공생에게만 주어진 공간이었으니 생각해 보면 특별한 혜택을 입은 셈이다. 그렇다 보니 실기실에 얽힌 추억이 제법 있다. 1993년 9월 미국 뉴욕 브루클린에 있는 학교의 석사 과정에 들어갔다. 당시 학교는 안전 때문에 실기실을 개방하지 않았다.

뉴스에서는 영화 속에서나 본 총기 사고가 매일 일어났고 그중 다수가 내게서 멀지 않은 곳에서 발생했다. 인종 차별에 의한 사고라도 보도되는 날이면 나는 더욱 위축되었다. 곁을 스쳐 가는 모두를 의심했고 문고리를 단단히 걸어 잠갔다. 해가 지면 학교 캠퍼스 주변까지 불안한 적막에 휩싸였다. 수업만 마치면 집으로 돌아와 모든 과제는 기숙사 방에서 혼자 했다. 영어는커녕 한국말도 별로 할 일이 없었다.

다음 해 여름 학기는 코펜하겐에서 보냈다. 세계에서 가장 안전한 도시 중 하나다. 그들은 유모차를 식당 밖에 세운 채 창문으로 유모차를 보면서 식사를 한다. 요즘 우리나라 카페에서 노트북을 두고 화장실 가는 것에 외국인들이 놀란다던데, 나는 당시 그 모습을 보고 깜짝 놀랐다. 실제로 수년 전 뉴욕에서 같은 방법으로 식사하던 덴마크 부부를 식당 관계자가 경찰에 신고한 일화가 있다. "그 엄마는 아동 방임 및 유기죄로 체포되었고 경찰은 아기를 격리 보호한 후 돌려주었는데, 아기 엄마는 뉴욕 시를 상대로 소송해서 약 1만 달러의 보상금을 받았다."(『덴마크 사람들처럼』, 말레네 뤼달 지음, 강현주 옮김, 마일스톤, 2015, 29쪽)

북유럽의 여름은 밤 11시까지 해가 지지 않았고 코펜하겐의 실기실은 24시간 개방되었다. 실기실은 우리의 놀이터였다. 우리는 해야 할 과제가 없을 때도 실기실에 머물렀다. 코펜하겐 실기실 최고의 장점은 다양한 전공의 학생들이 작은 공간에 뒤섞여 공존했다는 것이다. 건축, 실내 디자인, 제품 디자인, 시각 디자인 전공의 학생들이 3개월 동안 실기실에서 여름학기를 보냈다. 우리는 매일매일 우리가 얼마나 다르며 동시에 같은지 깨달았다. 그것은 디자인을 바라보고 접근하는 방법을 넘어 인간 자체에 대한 발견이기도 했다. 우리는 수시로 부딪히며 딱 그만큼의 철이 들었다.

2010년 미국의 학교를 졸업한 지 14년 만에 캠퍼스를 찾았다. 브루클린과 학교 주변은 그사이 천지개벽했다. 치솟는 월세를 감당하지 못한 소호의 젊은 예술가들이 대안 커뮤니티를 찾아 브루클린 브리지를 건넜다. 창의적 감수성을 갖춘 그들의 용기와 도전으로 브루클린은 저소득층 이민자가 사는 위험한 지역에서 브루클린 스타일로 대변되는 힙한 곳으로 탈바꿈했다. 내가 나온 학교 캠퍼스의 모습과 풍경도 바뀌었다. 나는 그날 딸과 함께 캠퍼스를 방문했다. 소규모 예술대학답게 조각품들이 오밀조밀 놓인 잔디밭에서 한가로운 시간을 즐겼다. 유리 외관 너머로 실기실을 오가는 학생들의 모습이 보였다. 학생들은 이제 실기실을 24시간 사용할 수 있다. 정말 다행이다.

코로나19가 발생한 지 어느덧 3년째다. 다행히 유럽 국가들처럼 도시 전체를 봉쇄하진 않았지만, 체육 대회, 엠티, 현장 학습, 축제, 단합 대회 등으로 일 년 내내 들썩이던 캠퍼스는 불편한 정적으로 가라앉았다. 수업은 대부분 비대면으로 진행되었고 수업 시간 외에는 실기실을 사용할 수 없었다. 캠퍼스는 점점 인기척이 없는 거대한 공간이 되었다.

지난 2년 동안 졸업 작품 지도를 맡았는데 어려움이 많았다. 2년을 서먹하게 보낸 친구들은 서로 간에 어색한 존칭을 썼고, 수업을 마치자마자 좁은 자취방으로 흩어졌다. 실기실에서 지지고 볶는 시간을 보내지 못한 개인 사이의 오해와 불만은 쌓일 뿐 풀리지 않았다. 본격적인 전시 준비에 들어서자 여기저기서 좌충우돌했다. 더 큰 문제는 학생들 사이에 존재하던 수평적 배움의 상실이었다. 대학에서의 배움은 교수와 수업에서만 가능하지 않으며 그보다 큰 배움이 제3의 공간에서 이뤄진다는 것을 실기실을 잃어버린 친구들을 보며 절감했다.

생각해 보면 이십 대의 소중한 우정, 사랑, 인연은 강의실이 아니라 제3의 공간에서 발아했다. 실기실 밤샘과 협업이 일상인 우리 전공에 유난히 과 내 커플이 많은 것은 우연이 아니다. IT 기술이 팬데믹 상황에서 대학이 제공해야 할 의무 사항을 해결해 준다 해도 그것만으론 부족하다. 우리는 여전히 만나고 부딪히고 소통하고 교류해야 한다. 그러기 위해 대학 캠퍼스에는 더욱 다양한 제3의 공간이 생겨나야 할 것이다.

이토록 다양한 서점의 공존

제주 구좌읍에 있는 독립 서점, 제주풀무질. 책장에 꽂힌 책을 둘러보는데 내 서재처럼 친근하다. 아니나 다를까, 서점 주인장 부부는 딸아이가 다녔던 대안 학교 학부모다. 서울 성균관 대학 앞에서 이미 22년 동안 서점을 운영했던 그들은 3년 전 제주로 내려왔다.

서점은 작고 소박했다. 낮은 담장과 구불구불한 골목 사이에서 먼저 자리를 잡은 마을 풍경과 잘 어울렸다. 앉을 수 있는 공간이 실내외로 다양해 근처 학생들이 하굣길에 들렀다 가기도, 마을 어르신들이 문뜩 쉬어 가기에도 좋았다. 나처럼 여행객으로 보이는 사람도 제법 있었다. 문 닫기 10분 전에 숨을 몰아쉬며 들어선, 자기 몸만 한 배낭을 멘 젊은 친구는 제주에 있는 독립 서점만 보러 다닌다고 했다. 주인장은 그 손님을 위해 서점 문을 더 열어 두었다.

갑자기 생긴 시간 덕분일까. 주인장은 자신이 쓴 서평을 들어 달라며 낭독했다. 곧 있을 책 모임에서 나눌 이야기란다. 그래 그렇지. 책 모임은 바로 이런 서점에서 제격이지. 북 토크도 가능할 테고. 나도 언젠가 제주의 독립 서점에서 독서 모임, 북 토크를 할 수 있다면 얼마나 멋질까. 사람들은 서점 곳곳에 붙어 있는 포스터를 구경하기도 하고, 누군가가 직접 손으로 만든 물건을 구매했다. 세월호 아이들의 이야기를 담은 달력이나 제주 4.3 사건을 상징하는 동백꽃 브로치 등이다. 제주가 아니라면, 독립 서점이 아니라면 사기 어려운 물건이니 여행 선물로 적당해 보였다. 나는 곧 다가올 독일인 친구의 생일 선물을 샀다.

누가 서점의 종말을 이야기하는가? 출판계는 늘 어렵다고 하는데 나처럼 뒤늦게 작가를 꿈꾸는 사람이 있다. 사람들이 책을 읽지 않는다는데 서점은 지금 이 순간에도 진화한다. 별마당 서점은 서울 코엑스몰의 상징이 되었다. 어느 전직 대학교수 겸 IT전문가는 책과 사람이 함께 얽혀 성장하는 어른들의 놀이터이자 사랑방을 꿈꾸며 과학도서 전문 서점을 열었다. 여행을 계획하면 그 지역 서점부터 찾아본다. 내공이 만만치 않은 지역 서점 때문에 그 도시가 좋아진다.

벌써 오래전이지만 나는 부산에 있는 '인디고 서원'이 마음에 들어 부산으로 이사를 가고 싶었다. 청소년을 위한 인문학 서점, 참고서나 자기 계발서 대신 묵직한 인문사회과학 도서들이 병풍처럼 둘러서 있고, 학원을 전전하고 있어야 할 것 같은 십 대 청소년들이 큰 발걸음으로 건물 구석구석을 누비는 곳. 이곳은 서점이라기보다 하나의 공동체였다. 청소년들이 함께 책을 읽고 토론하고 글을 쓰며 세상을 변화시킬 작은 일들을 꿈꾸고 실현해 가는 공동체.

15여 년 전 우연히 인디고 서원을 알게 되었고 인디고의 아이들이 직접 참여해 만든 격월간지 《인디고잉》을 한동안 구독했다. 《인디고잉》은 책 읽기와 토론 과정을 통해 길어 올린 갖가지 문제의식을 청소년의 눈높이에서 담아낸 책이다. 이 책을 받아 볼 때마다 감탄한다. 그들이 읽은 책의 종류, 도출한 쟁점의 깊이와 다양함, 그 내용을 글로 다듬은 작문 수준 모두 눈부시다. 분량도 300쪽 가까이 돼 묵직하다. 이렇게 읽고 쓸 수 있는 아이들인 것을, 대학 입시와 취업 준비로만 내몰아 무색무취한 스펙 덩어리로 양산해냈구나 싶어 스스로와 주변에 대한 비판과 반성이 길어진다.

서점 한구석에 쭈그리고 앉아 이 책 저 책 들추다 보면, 다른 서점에서는 느낄 수 없는 인문학적 아우라와 청년들의 에너지가 느껴진다. 그 에너지 덕분에 한동안은 든든하고 행복하다. 책장 사이로 초등학생쯤 되어 보이는 아이들의 모습이 보인다. 책을 읽는 것 같기도 하고 책을 곁에 두고 각자의 방법으로 노는 것 같기도 하다. 책에 푹 빠져 있는 아이들의 모습을 보고 있자니 집어 든 책과는 상관없는 상념이 길어진다.

어릴 적 아버지의 서재에는 책이 많았고, 초등학교 때 겨울방학은 춥고 길었다. 근처 스케이트 장에서 온종일 놀다 들어와도 저녁을 먹고 나면 할 일이 없었다. 벽돌만 한 두께, 빨간 표지의 소설책 시리즈. 그중에서 『적과 흑』『죄와 벌』을 나는 대체 무슨 수로 읽었을까? 이후에도 나는 위인전보다 소설을 더 많이 읽으며 성장했다. 내가 가진 결점과 고민을 고스란히 가진 소설 속 주인공에게 폭풍처럼 감정 이입하며 감동과 위로를 받았다.

고개를 들어보니 그새 아이들이 사라졌다. 어디로 갔을까? 궁금한 마음에 몸을 움직인다. 크지 않은 규모, 내외부의 회색 전돌 마감에 계단으로 적절히 구분된 공간, 그사이에 그득한 인문학책들이 서원을 오르내리는 행위를 재미있는 여행으로 만든다.

얼마 전 부산에 다녀왔다. 아쉽게도 이번에는 인디고 서원에 가지 못했다. 또 다른 서점이 궁금했다. 인디고 서원과는 콘셉트와 기획에서 확연히 차이 나는 서점, 해운대의 아난티 코브에 위치한 '이터널 저니'다. 6성급 호텔에 있는 서점이라 혹시 나와는 클래스가 다른 사람들이 찾는 공간이 아닐까 했지만 서점은 공적인 영역에 통 크게 자리 잡고 있었다.

호텔 로비 1층의 주 출입구는 망설임 없이 곧바로 책방의 입구로 이어졌다. 이터널 저니를 통해 책의 가치를 부산 시민에게 선물하고 싶다는 문구가 따뜻하다. 책방은 식음 공간과 편의점, 해안 도로로 구성된 아난티 코브 공공 공간의 핵심이자 전이 공간이었다. 큐레이터가 설정해 놓은 주제를 따라 책과 책 사이를 흘러 다녔다. 맘에 드는 주제, 책, 작가를 만나면 자연스럽게 걸음을 멈췄다. 서점 안에는 머무르고 걷고 앉아서 휴식을 취할 수 있는 공간이 충분했다. 나는 책장 아래 놓인 기다란 벤치가 좋았다. 타지에서 온 여행객이 몸을 숨기고 책을 뒤적이기 적당했다. 동행이 있다면 4인용 테이블도 좋고, 카페인과 당분을 보충해 줄 식음 공간에 앉는 것도 좋을 테다.

내륙 지방에 사는 나는 바다 풍경에 쉬이 설렌다. 바다가 지척에 있는 서점이라니 뭘 더 바랄까. 책방 내부에서의 여행이 지루해지면 자연스레 외부로 향했다. 신선한 바람이 부유하는 옥외 공간, 식사 시간을 넘긴 여행객을 유혹하는 오픈 키친의 카페와 레스토랑, 수프와 바게트를 파는 포장마차를 지나니 해안길이 바다로 이어졌다. 해운대 바다를 친구 삼아 걸었다. 방금 먹은 음식과 읽은 책이 기분 좋게 소화되었다.

인디고 서원과 이터널 저니는 콘셉트와 강점이 분명한 서점이다. 인디고 서원은 자신만의 개념으로 똘똘 뭉친 인문학자 같고, 이터널 저니는 문화적 자긍심이 강한 클래식 연주자 같다. 두 곳에 머무는 것도 꽤 행복하지만 매일 만나기 좀 부담스럽다면 집에서 입은 복장으로 아무 때나 가볼 수 있는 독립 서점을 찾으면 된다.

여행 중에 좋은 공간을 만나면 생각의 끝은 하나다. 내 삶의 터전 가까운 곳에도 이런 공간이 있으면 좋겠다는 것. 동시에 다른 생각도 든다. 여행 중에 만난 좋은 음식을 택배로 받아서 먹으면 이상하게 현지에서의 그 맛이 아닌 것처럼 모든 좋은 것에는 고유한 시공간과 타이밍이 있다는 것. 서점도 마찬가지겠지. 인디고 서원, 이터널 저니나 다른 지역의 독립 서점이 아니라 내 지역의 풍경, 온도, 사람과 어울리는 서점이 많아지면 좋겠다. 하긴, 충주에도 그런 곳이 있다. '책이있는글터'. 주인장은 코로나 시국에도 공간을 확장해 충주시민을 위한 생활문화 공간을 마련했다. 그 서점 지하 세미나실에서 나는 지금은 고인이 되신 《녹색평론》 김종철 선생님을 처음 뵈었고, 교육 계간지 《민들레》 독자 모임을 가졌다.

이제 서점은 경험과 스토리텔링의 플랫폼이다. 서점의 주인공은 책이 아니라 사람이다. 책과 음식, 책과 여행, 책과 지역, 책과 휴식 등 다양한 콘텐츠가 접속과 해체를 반복하는 것도 서점의 매개체가 사람이기 때문이다. 독자는 서점에 머물고 즐기며 자신의 이야기를 만들면 된다. 그 이야기들이 만나 또 다른 책의 탄생으로 선순환할 것이다.

도서관, 그 환대의 공간

미국 시애틀 시내에 있는 공공 도서관. 건축가 렘 콜하스Rem Koolhaas의 2004년 작품이다. 시애틀에 머무는 동안 나는 주로 5번가에서 진입해 3층으로 곧장 들어갔다. 기념품을 파는 가게의 눈요깃거리와 카페에서 풍기는 커피와 버터 냄새 때문이었다. 15m가 넘는 뻥 뚫린 천장과 조각난 유리 사이로 쏟아지는 햇살의 변화에 오늘은 어디에 앉을까 고민했던 그 시간도 즐거웠다.

이 공간의 이름이 '리빙 룸Living Room'이다. 공공 영역으로서의 도서관임을 알리는 확실한 작명이다. 나는 내 집 거실처럼 거침없이 걸어 들어갔다. 리빙 룸에서 책을 보고 글을 쓰며 시간을 보내다 보면 각자의 이유로 짊어진 삶의 고단함을 내려놓은 사람들이 보였다. 지팡이를 짚은 노인들이 신문 한 귀퉁이를 함께 바라보며 글자 맞추기를 했다. 표지만 봐서는 알 길 없는 언어로 된 책에 코를 박고 있는 사람도 많았다. 한 블록이 멀다 하고 성업 중이었던 스타벅스 대신 도서관을 선택했던 사람들의 특징이었다.

목과 어깨가 휴식을 명령하면 6층부터 9층까지 자리 잡은 서고를 서서히 산책했다. 서고는 천정고가 낮고 아늑했다. 그 속에 존재한다는 것만으로도 인문학적 에너지가 몸 속으로 스며들었다. 배가 고프면 싸 온 도시락을 들고 밖으로 나갔다. 나처럼 샌드위치랑 텀블러 커피를 들고 앉아 있는 사람들이 도서관 주변에 자리 잡고 있었다. 잠시 앉을 시간도 없이 손에 든 빵과 음료를 먹고 마시며 부지런히 내 앞을 지나가는 사람들도 보였다. 다 잘 먹고 잘 살자고 하는 일인데 우리는 때로 그인과 관계를 망각한다.

시애틀의 여름은 길다. 다시 리빙 룸으로 돌아오면 오후의 햇살이 바닥의 그림자 패턴을 길게 늘어트렸다. 전공 도서가 지루해질 때면 1층 외국어 도서 코너로 내려갔다. 제법 다양한 우리말 책들이 반가웠다. 그중 맘에 드는 책을 만나면 두세 시간은 더 도서관에서 놀 수 있었다. 모국어로 읽고 쓸 수 있음에서 얻는 행복감은 바로 그럴 때 극대화된다. 시애틀에 머무는 동안 도서관은 렘 콜하스의 건축물이 아니라 나의 거실이었다. '모두를 위한 도서관Libraries for All'을 표방했던 취지에 걸맞은 환대의 느낌이 좋았다. 잠시 스쳐 가는 외국인 여행자라고 해서 주눅들 필요가 없었다. 자본주의 사회에서 돈 걱정 없이 마음 편히 오래 머물 수 있는 거의 유일한 실내 공간은 도서관이 아닐까.

국내에도 공공 도서관이 여러 곳 있지만 우선 서울 시청의 구 청사 도서관이 생각난다. 특히 두 개 층을 뚫어 만든 일반 자료실 '생각마루'가 좋았다. 마치 광장을 바라보며 솟아오른 도심 속 계단처럼 주변을 둘러싼 책들, 거기에 앉은 사람들 모두 역동적이다. 사람들은 평지에 놓인 좌석보다 훨씬 자유롭게 앉는다. 자신의 집 거실에서 TV를 보다 소파 아래 마루로 내려앉는 것처럼 벽에 기대어 다리를 죽 뻗기도 한다. 그 점 때문에 누군가는 엄숙해야 할 도서관이 그게 뭐냐고 비판했던데, 내 생각은 다르다. 최근 도서관의 변신을 생각하면 오히려 시대를 앞선 장치였다. 시애틀 도서관의 리빙 룸처럼 서울 도서관의 경우 바로 이 계단의 존재가 사람들을 환대한다.

딸아이가 졸업한 대안 학교, 백 명 안팎의 학생들이 기숙사에 묵으며 공부하는 산골 학교에도 작지만 괜찮은 도서관이 있었다. 시간은 많고 대부분의 일상이 자발적 동력으로 이루어지던 아이들에게 도서관 공간의 구석구석은 자고 놀고 숨기에 적합했다. 부모들도 학교 행사가 있으면 주로 도서관에서 만났다. 몇 줄 안 되는 서가지만 책의 존재감이 주는 에너지가 만만치 않다. 꽂힌 책들의 등을 훑으면 한때 전율했던 책에 군침이 꿀떡 넘어간다.

그중 하나를 빼 들고 네모난 스툴에 앉아 소파에 삼삼오오 널브러진 아이들을 본다. 대학을 향해 전력으로 질주하는 주류 레이스에서 빠져나온 아이들이다. 그들에게 책은 소품에 불과하다. 들고 있거나 안고 있거나 베고 있다. 가끔 후루룩 넘겨보기도 한다. 책은 도서관에 가는 목적이 아니다. 친구를 만나서 뒹굴기 위함이다. 그 나이 때 그보다 더 재밌는 일이 뭐가 있을까. 아이들이 지금 당장 책을 읽지 않더라도 괜찮다. 도서관의 책들은 어쩌면 아이들이 아닌 부모나 교사의 욕망이 투영된 목록일지 모른다. 도서관에서 놀던 아이들과 그 책들과의 인연은 그들 삶 다른 골목에서 우연히 이어져도 좋으리라.

내가 근무하는 대학의 도서관에도 최근 변화가 많았다. 무수한 자료가 물리적 공간을 벗어나 가상 공간으로 이동했고 그들이 옮겨간 자리에 새로운 공간이 생겼다. 방향은 분명하다. 도서관이 대학 캠퍼스에서 가장 든든한 제3의 공간이 되는 것이다. 새로 생긴 휴게 공간에 앉아 막 도착한 월간지를 뒤적였다. 벽면의 일부는 디자인대학 교수와 학생의 작품을 전시하는 작은 갤러리가 되었다. 다리를 길게 뻗어 늘어진 자세로 앉아 쉬는 학생들의 모습도 보인다.

도서관은 이제 한 시간가량 시간이 비었을 때, 춥거나 더울 때, 낮잠이 필요할 때 편히 머무는 공간이 되었다. 친구를 우연히 만날 수 있고, 1층 카페에서 커피나 샌드위치를 먹을 수 있다. 팀 과제를 할 수 있고 공간을 빌려 영화를 볼 수 있다. 북토크, 특강도 열린다. 코로나19라는 변수만 없었다면 더욱 다양한 프로그램과 활발한 접점이 가능했을 텐데 아쉽다.

내가 대학을 다니던 1980년대, 인터넷도 없고 해외여행마저 자유롭지 못했던 그때 대학 캠퍼스 깊숙한 곳에 자리한 도서관은 특권의 상징이었다. 대학에 갈 수 있던 20%만이 학생증을 발급받아 그곳의 자료에 접속할 수 있었다. 지금은 국민의 80%가 대학을 진학하지만 학령 인구는 줄어들고 대학은 존재 자체를 걱정한다. 하지만 생명이 연장되고 배움의 연령대가 높아진다는 또 다른 지표도 있다.

그러니 대학 도서관의 역할을 확장해 보면 어떨까. 누구에게나 열린 복합 문화 공간이라는 공공성을 갖추면 어떨까. 아예 대학을 꿈꿀 수 없는 지역의 소외된 청년과 노약자, 이주민에게까지 문턱을 낮추면 어떨까. 대학이 지역의 공적 재산이라는 생각을 시민들이 하게 되면 대학의 지속 가능 여부는 이제 모두의 문제가 된다. 대학의 종말이라는 위기를 대학 도서관의 변신이라는 기회로 막을 수 있을지 모른다.

앉아야 비로소
보이는 것들

"목적은 길에 있지만,
길은 목적이 아니다.
계획에 따라 움직이는 것도
중요하지만 행복은
좀처럼 도착지에 있지 않다.
행복은 길, 인생이라는
길 위에 있다."

『덴마크 사람들처럼』,
말레네 뤼달 지음, 강현주 옮김,
마일스톤, 2015, 208쪽

1장

건축에 앉다

겸암정사에서는 바닥에 앉는다

안동 하회마을을 한눈에 담을 수 있는 곳 부용대, 거기서 오른쪽으로 조금만 내려가면 겸암정사를 만난다. 정사에 머물던 이틀 내내 안동에선 드물다는 제법 많은 양의 장대비가 내렸는데, 글을 쓰기 위해 그곳을 선택한 사람에게는 행운이었다. 바닥에 앉는 자세가 불편한 나는 주인장에게 의자와 책상을 부탁드렸다. 플라스틱으로 된 소박한 세트가 준비되었다. 책상을 들고 좌우로 움직이며 앉기 좋은 위치를 찾았다.

의자에 앉아 보니 창문 너머 펼쳐진 처마와 안동의 풍경이 어색했다. 정사가 가진 비례와 맞지 않다고 느꼈다. 겸암 선생과 제자들은 모두 바닥에 앉아서 책을 읽고 공부를 했다. 겸암정사를 지었다고 알려진 맏형 류운룡은 당연히 그들 시선의 높이를 고려해 창문의 크기, 풍경의 폭을 설계했을 터다. 건축의 공간 형태는 물론 공간을 통해 들어오는 차경에도 철학이 있던 우리 조상의 디자인이니 어쩌면 당연한 일이다. 허리 통증이 걱정되었지만 앉은뱅이 책상으로 바꿔 앉았다.

책상을 움직여 여기다 싶은 곳에 놓고 노트북을 열었다. 낙동강을 향해 난 문틀을 넘어 백사장과 만송정의 솔숲, 하회마을의 집들이 액자가 되어 걸렸다. 굵은 빗줄기가 시각은 물론 청각을 자극했고 눈과 마음이 시원해졌다. 글을 쓸 때마다 이런 풍경이 펼쳐진다면 글은 절로 신나서 앞장서 갈 것만 같다. 방석을 두툼하게 겹친 다음 엉덩이의 끝만 걸쳐 앉았다. 힘들면 자주 일어나서 풍경에 시선을 두리라 생각했다. 노트북 속 흰색 화면에서 깜박이는 커서를 바라보며 멍하니 있다 보니 정사의 팔작지붕을 맞고 떨어지는 빗소리가 선명하게 들렸다.

분명 비는 같은 비일 텐데 도시에서는 한 번도 들어본 적 없는 빗소리였다. 거기에 주인장이 때는 불에 타닥거리는 장작 소리가 빗줄기 사이로 끼어들었다.

아랫목 온기가 엉덩이, 손을 통해 직접 전해졌다. 한여름인데도 그 따스함은 한겨울의 그것처럼 소중했다. 잠자고 있던 오감이 예민하게 살아났다. "이곳은 봄가을이 가장 아름답다." 며 하필 비 오는 날 찾아온 객을 주인장은 안타까워했지만, 막상 그 객은 다음에도 꼭 비 오는 날 오리라 결심한다. 관광객의 들락거림이나 주인장과 술 한잔하려는 이웃 주민의 방해 없이, 정사의 운치와 자연을 온전히 즐길 수 있었기 때문이다.

처음 겸암정사를 찾았을 때는 몇십 년 만에 기록적인 추위가 엄습했다. 대추차를 권하는 주인장의 말씀에 우리는 방바닥에 앉았다. 약속이라도 한 듯 손바닥부터 바닥에 가져갔다. 뜨끈한 온기가 손끝에 전해오자 온몸의 냉기가 저리듯 사라졌다. 대추차를 마시자 이번에는 몸 안쪽 깊숙한 곳이 따뜻해졌다. 그 추위에도 우리는 창문을 활짝 열었다. 델 듯이 뜨거운 아랫목, 입 안으로 퍼지는 대추차의 진한 향기와 온기가 뼛속까지 얼어붙은 몸과 마음을 녹였다.

부용대를 사이에 두고 겸암정사 반대편에는 서애 류성룡의 옥연정사가 있다. 두 정사는 가옥이지만 주로 학문을 중심으로 한 만남의 공간으로 여념 살림집과는 다르다. 바로 이 옥연정사의 원락재에서 서애는 7년 동안의 임진왜란을 다룬 『징비록』을 집필했다. 옥연정사는 임진왜란을 겪으며 성향에 맞지 않은 관직 생활의 피로함을 견뎌낸 학자의 정기를 이어받기에 안성맞춤인 공간이다. 부용대에는 두 선비가 겸암정사와 옥연정사를 편리하게 왕래하려고 만들어 놓은 층길이 있다. 부용대의 벼랑 허리에 있는 일종의 지름길이다.

겸암정사에 가기 전 나는 은사님으로부터 층길에 관한 이야기를 듣고 꼭 그 길을 걸어 보고 싶었다. 옥연정사의 간죽문으로 나와 절벽의 좁은 길을 따라가면 만날 수 있는데, 내가 방문한 기간에 옥연정사의 문은 닫혀 있었다. 위험해 안 된다는 겸암정사 주인장을 겨우 설득해 겸암정사 쪽에서 들어가는 층길의 진입로를 구경했다. 불어난 물에 현기증이 났지만 한참을 서 있었다. 층길 너머 내가 건널 수 없는 휘어진 곳을 오랫동안 바라봤다. 10분이면 넘을 수 있는 부용대로도 모자라 벼랑에 길을 낸 두 선비 형제의 우애를 느끼고 싶었다.

고택의 경험은 인간의 주거 환경이 본래 어때야 하는지를 깨우친다. 우리는 집뿐 아니라 집 주변을 감지하고 감상할 수 있어야 한다. 앉아서 보는 풍경과 서서 보는 풍경이 다르고, 멈춰서 보는 풍경과 움직이면서 보는 풍경이 다름을 알 수 있어야 한다. 여름엔 더위를, 겨울엔 추위를 느낄 수 있어야 하고 비가 올 땐 빗소리를, 눈이 올 땐 눈이 내리는 소리를 가까이서 들을 수 있어야 한다. 나보다 먼저 이 공간을 살고 간 사람들, 벼슬이나 관직보다는 학문과 후학 양성에 힘썼던 사람들의 정기를 받을 수 있다면 금상첨화다.

아파트가 성공한 가정의 보편적 주거 형태로 자리 잡는 바람에 상실해 버린 집의 기능과 그 속에 담겨 있던 조상의 지혜와 철학이 못내 아쉽다. 너무 빠르게 성장하는 바람에 놓쳐

버린 감성적 가치가 그립다. 무릎이 성치 않은 장노년층은 물론 태어난 이후 줄곧 입식 생활밖에 한 적 없는 청년들 모두 앉은 자세로 체감하는 우리 주거의 가치를 알 길이 없다. 겸암정사, 옥연정사 모두 투숙객을 받고 있다. 고택의 가치를 몸으로 느끼며 차분히 자신을 돌아보고 싶은 사람에게 추천한다.

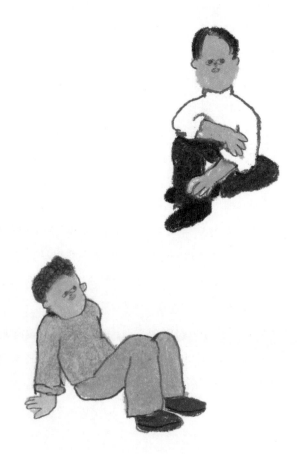

클라우스 채플로 가는 길,
세 개의 벤치

힐링에 좋다는 전문가의 추천을 믿고 영화 〈월터의 상상은 현실이 된다〉를 봤다. 영화 후반부에서야 등장한 사진작가 숀 오코넬과 주인공 월터와의 대화가 압권이다. 히말라야 능선에서 설표를 담기 위해 죽치고 있던 숀은 마침내 카메라 앵글 속에 들어선 설표를 향해 셔터를 누르지 않는다. 어리둥절한 월터에게 숀이 말한다. "개인적으로, 너무 좋은 장면에서는 카메라의 방해를 받고 싶지 않아. 그저 그 장면 속에 머물고 싶을 뿐. 바로 저기, 바로 여기."

100% 공감한다. 영화 속 숀처럼 경지에 이른 작가는 아니지만 그가 말하는 '장면'이 뭔지 알 것 같다. 직업적 본능으로도 방해받고 싶지 않은, 그저 그 상황만은 온전히 탐닉하고 싶은 순간. 우리 모두에겐 그럴 때가 있지 않은가. 숀의 대사는 불현듯 2019년 6월 독일에서의 기억으로 나를 소환했다. 그날은 건축가 페터 줌토르Peter Zumthor의 채플을 만나러 가는 길이었다. 유럽을 무수히 드나들었는데도 그에게만은 다가가길 주저했다. 끝까지 아껴 먹고 싶은 초콜릿처럼 미루고 또 미뤘다. 나중에 좀 차분하게, 아니 그보단 내 감성 내 안목이 더 무르익었을 때 보고 싶었다는 게 정확하다.

마침내 기회가 왔다. 연구 학기 중 3개월 동안 유럽의 몇 개 도시에 머물며 방랑했다. 줌토르를 만나기에 적절했다. 첫 목적지는 브루더 클라우스 채플Bruder Klaus Field Chapel. 독일 서북부 메케르니히 시에 위치한다. 그의 다른 작품들이 그렇듯이 대중교통으로는 접근이 쉽지 않다. 뜸 들여 찾아간 것은 나의 의지였지만 주차장에 도착한 순간부터는 줌토르의 지휘에 따라야 한다. 건축가는 방문자가 채플에 도착해 내부를 보고 나올 때까지 세 종류의 벤치를 마련해 놓고 멈춤, 낮아짐, 바라봄을 주문한다.

첫 번째 벤치는 채플로 가는 오솔길에 있었다. 우리가 공공장소에서 흔히 볼 수 있는 낡고 평범한 벤치였다. 채플을 향해 직선으로 내달리고 싶은 마음을 건축가는 외면한다. 채플을 등에 지고 멀리 우회하도록 동선을 왼쪽으로 꺾어 놓았다. 그리고 그 길에 벤치를 놓았다. 그냥 지나치기 어려웠다. 그 자리 그 각도에서 우선 거리를 두고 채플을 바라보라는 노老 건축가의 명령 같아서였다. 벤치 하나라도 빼먹으면 몰래 숨어 있던 건축가에게 야단을 맞을지 모를 일이다.

벤치에 앉아 보면 알게 된다. 앉는 것은 멈춤이다. 걸음을 멈추는 것보다 훨씬 적극적인 멈춤이다. 시선은 낮아지고 신체는 편해진다. 그렇게 내려놓은 다음에야 비로소 나와 채플과의 '사이 공간'이 감지되었다. 채플로만 향해 있던 앎의 욕구에 서서히 '내'가 들어섰다. 채플이 아니라 채플과 나의 관계를 보게 된다. 나는 어떤 삶의 시간을 지나 이곳에 와 있나? 무슨 이유로 여기까지 왔을까?

앉다, 걷다, 바라보다를 반복하며 마침내 채플의 정면에 섰다. 손톱만 한 크기에서 출발한 덕분에 12m짜리 오각 콘크리트 기둥이 웅장하다. 가녀린 십자가 아래 육중한 삼각형 문 앞에서 잠시 숨을 골랐다. 문을 열고 들어가 만난 내부의 모습에 침묵과 함께 전율했다. 사진으로 영상으로 미리 봤더라도 소용없다. 시각적 자극과 오감의 총출동은 전혀 다른 신체적 상황이다. 좁고 어두운 채플 안에는 단 하나의 벤치가 있었다. 두 사람이 붙어 앉으면 겨우 앉을 수 있는 크기. 어둠에 익숙해지고 나서야 거기에 앉았다. 초를 봉헌한 다음 기도 속에 잠시 머물렀다. 나는 무늬만 가톨릭 신자이지만 기도거리야 늘 차고 넘친다. 서서히 고개를 들자 여기저기서 읽고 들은 내용이 감지되었다.

거푸집이 타면서 남은 그을린 옹이와 껍질의 흔적, 거푸집을 잡아 주던 350개 폼타이의 단면과 그 위를 덮은 볼록 렌즈의 반짝임, 콘크리트를 쌓아 올릴 때 생긴 수평의 자국들, 타고 내려앉은 나무 재 위에 납을 부어 마감한 바닥의 견고함, 천장 개구부를 닮은 바닥의 물과 거기에 담긴 하늘의 그림자, 정적과 침묵을 깨는 철문의 둔탁한 소리, 그 사이를 비집고 들어오는 선명하고 각진 빛, 다른 이들이 밝혀 놓은 촛불의 몽환적인 움직임, 시종일관 저 꼭대기에서 몸과 마음을 사로잡는 작지만 눈부신 하늘. 별이 보인다면, 비가 내린다면, 천둥이 친다면 어떨지 상상하는 사이 시간은 빠르게 흘렀다. 언제까지라도 머물 수 있을 것 같았다.

이어지는 방문자에게 자리를 양보하고 밖으로 나오니 세 번째 벤치가 기다리고 있었다. 채플을 감싼 외벽의 일부. 거기에 앉으니 채플은 시야에서 사라졌다. 대신 채플에 기댄 나의 등, 엉덩이, 손이 물성으로 존재를 느꼈다. 그 느낌을 배경 삼아 그날 하루를 복기했다. 천천히 촬영한 영화처럼, 이 글 도입부에 언급한 손의 대사처럼 시공간의 의미에 빨려 들어갔다.

채플을 향해 걸어오는 사람들, 내가 앉았던 벤치들, 방향을 바꾼 하늘과 태양과 그림자, 그리고 채플을 경험하기 전 나의 흔적들로 채워진 '사이 공간'이 보였다. 첫 번째 벤치에서 바라본 반대쪽 '사이 공간'이었다. 역지사지의 공간 버전인 셈이다. 떨어지지 않는 엉덩이를 일으켜 세워 채플을 뒤로하고 걸었다. 중간쯤에서 뒤돌아봤다. 채플 위에 걸린 하늘, 그 하늘을 덮고 있는 구름 떼, 배경과 풍경, 그 사이를 오가는 사람들까지 통째로 채플이다.

안도현 시인의 말을 빌려 덧붙인다. "나무는 자기 혼자서는 어느 한순간도 나무가 될 수 없다. 자기 힘으로는 어떤 공간에서도 나무가 될 수 없다. 그렇다면 자명해진다. 나무에 날아드는 새도 나무라는 것을. 나무 그늘에서 부채를 부치며 쉬는 할머니도 나무라는 것을. 어느 나무의 배경이 되고 있는 무심하기 그지없는 풍경도 사실은 다 나무라는 것을."(『안도현의 발견』, 안도현 지음, 한겨레출판, 2014, 384쪽) 페터 줌토르의 힘은 바로 그 '통째'를 구현해내는 힘이고 우리에게도 그걸 보라고 말한다.

쾰른 대성당에서
콜룸바 미술관까지

20년 전 처음 쾰른에 갔다. 중앙역에 기차가 들어서자 검은색 고딕 대성당이 드라마틱하게 등장했다. 기차에서 내려 복잡하고 어두운 역사驛舍를 빠져나오는 동안 잠시 시야에서 사라졌던 쾰른 대성당Cologne Cathedral은 메인 홀의 유리 벽 너머로 순식간에 들이닥쳤다. 영화의 결론부터 봐 버린 느낌이랄까. 탄성과 탄식이 동시에 터졌다. 그만큼 쾰른 대성당은 중앙역과 인접해 있었다. 일부러 동선을 돌려놓지 않았다. 왕족의 편리함을 고려한 배치였다. 덕분에 나 같은 관광객과 대성당과의 첫 만남은 번개처럼 이뤄진다.

2019년 5월, 쾰른을 다시 찾았다. 페터 줌토르의 콜룸바 미술관Kolumba Museum을 위해 하루를 통째로 비웠다. 클라우스 채플로 가는 과정에서 배웠듯 가능하면 천천히 다가가기로 했다. 우선 대성당 앞 계단에 앉았다. 쾰른역에 도착하자 커피와 샌드위치가 간절했다. 커피 향과 함께 20년 만에 다시 온 이곳의 관문을 음미했다. 성당 앞 계단은 나 홀로 여행자가 식사를 해결하기에 딱 좋은 곳이다. 계단의 단차 덕분에 서로의 시선을 방해하지 않는다. 사크레 쾨르 성당 앞 계단이 그렇듯, 로마 스페인 광장 위 계단이 그렇듯 도심 속 계단은 모두에게 공평하고 풍요로운 좌석이다.

쾰른역에서 20분쯤 걷자 골목 사이로 줌토르 특유의 덤덤한 '박스'가 보인다. 줌토르는 기존의 잔해와 현대 건축의 외피가 싸우지 않도록 덴마크의 피터슨 테글Petersen Tegl이 수작업으로 만든 회색 벽돌을 찾아냈다. 그리곤 폐허에서 채취한 암석과 벽돌 조각을 테글의 벽돌과 함께 쌓아 올렸다. 그것들이 엉키고 뒤섞여 하나의 벽이 되었다. 티켓을 구매한 다음 평면도를 봤다. 어디부터 시작할까? 세인트 콜롬바의 잔해와 중세 시대의 흔적이 남아 있는 야외 정원, 프로젝트의 시발점이 된 리처드 세라Richard Serra의 조형물 등 스틸 사진으로 본 장면이 스쳐 갔지만, 현장에서 나를 사로잡은 것은 좁고 길게 뻗은 내부 계단실이었다.

미술관 내부로 들어선 순간 눈에 들어온 가죽 벤치들. 보자마자 웃음이 나왔다. 누군가가 길고 거대한 초콜릿을 날카롭게 잘라 놓은 것 같은 갈색 가죽 벤치가 전시장 곳곳에 놓여 있었다. 시각적으로도 무게감이 전해졌다. 듬직하고 든든했다. 무색무취한 전시장 벽면을 배경으로 재료의 질감과 색감을 완전히 드러냈다. 벤치는 잠깐의 휴식을 위한 것이 아니었다. 천천히 오래 머물면서 감상해도 좋다 말하고 있었다. 엉덩이와 손으로 전해지는 가죽의 촉감에서 장인이 작업하는 모습이 그려졌다. 무뚝뚝하면서도 정이 깊은, 내가 아는 누군가를 닮았다. 온종일 함께해도 좋겠다.

고개를 돌려 전시실 내부를 보니 그 이상 간결할 수 없었다. 천정고의 높이, 담대하게 뚫린 창문, 폐쇄적인 입면과 하늘을 향해 열린 높은 유리창 등이 각 실의 특징과 변화의 전부였다. 미술관 설계의 방향을 전시장 주인공인 예술품에서 찾고자 했기 때문이다. 전시 방법이 독특한데 기획이나 작품에 대한 설명이 없었다. 전시물의 시대적 범위는 고대부터 현재에 이르러 오래된 성화와 아방가르드한 예술품이 뒤섞여 있었다. 그림, 조각, 장식예술을 비롯해 여러 장르가 공존했다.

3층 전시실로 올라가자 액자 삼아 걸린 창문 너머로 퀼른 대성당이 보였다. 한 시간 전에 보고 온 건축물인데 오래전 헤어진 친구를 만난 것처럼 반가웠다. 시간이 입체적이고 주관적으로 흐른다는 원리를 자주 깨달을 때가 여행이라더니 바로 이 경우를 말하는 거다. 다시 1층으로 내려갔다. 세인트 콜룸바 유적지의 입구가 있었다. 검고 두툼한 커튼을 열고 1943년 전쟁의 상흔 속으로 들어갔다. 1, 2층으로 뚫린 공간은 유적의 잔해는 물론 1950년 재건축한 〈폐허 위의 마돈나Madonna in the Ruins〉 성전의 후면, 팔각형의 일부를 담고 있었다. 그 사이로 건축가가 만들어 놓은 지그재그 산책로가 있었다. 꺾인 길을 걸어 폐허의 현장에 한 발 더 깊숙이 다가갔다.

건축물을 감싼 벽체는 역사적 현장을 보호하기 위한 최소한의 장치임이 분명했다. 테글의 벽돌과 암석이 만들어낸 개방형 벽Filter Wall을 통과해 들어온 빛의 조각들이 폐허의 표면에 바스러져 앉았다. 분명 질감은 거칠 터인데 빛과 그림자의 움직임은 부드럽기 그지없었다. 실내에 있지만 외부의 차 소리, 대화 소리, 자전거의 '따르릉' 소리가 선명했다. 과거와 현재, 거침과 부드러움, 내부와 외부, 감각과 감정, 빛과 그림자가 앙상블을 이뤘다. 내게는 그곳이 콜룸바 미술관에서 펼쳐지는 시공간 여행의 클라이맥스였다.

중정으로 나왔다. 시간은 중세로 거슬렀지만, 감정은 차분히 현재를 향했다. 그곳에는 전시장에서 만난 가죽 벤치와 대비되는 돌 벤치가 놓여 있었다. 가죽 벤치처럼 깐깐하기는 마찬가지인데 이제는 차갑고 냉정하다. 바닥에 깔린 자갈 밟는 소리를 배경 삼아 다가서자, 이제부터 당신의 생각을 말해 보라는 건축가의 음성이 들릴 것 같았다. 앉아서 보니 햇빛에 따라 은근하게 변화하는 물성이 읽혔다. 벽돌 쌓기라는 특별한 것 없는 시공 방법이 건축가의 아이디어를 거쳐 서사가 되었다. 수평적 마티에르와 불규칙한 구멍들은 무심한 박스의 내외부에 과하지 않은 변화를 주었다. 사이트와 재료에 충실한 것만으로도 영감을 얻을 수 있다는 줌토르의 말이 생각난다.

이제 드디어 성당으로 들어갈 차례였다. 독일 건축가 고트프리트 뵘Gottfried Böhm이 설계한 〈폐허 위의 마돈나〉는 작고 어둡고 엄숙했다. 조그만 대기실을 거쳐 들어왔을 뿐인데 길거리의 소음이 사라진 그곳은 그사이 속세에서 멀어진 기분이었다. 맨 뒷자리, 소박한 나무 벤치에 앉았다. 눈을 사로잡는 스테인드글라스 입면이 성당을 압도했다.

원래는 유리였으나 1954년 독일의 조각가 루트비히 기즈Ludwig Gies의 작품으로 탄생하면서 성모 마리아를 둘러싼 천사 합창단의 모습이 담겼다. 스테인드글라스를 통과해 성당 안으로 쏟아져 들어온 빛은 여행자의 마음을 설레게도 하고 숙연하게도 했다. 1954년 이전 팔각형 입면은 유리 마감이었으므로 당시에는 성당에 앉아 유리 너머로 폐허를 볼 수 있었다. 폐허에서도 물론 성당의 뒷모습을 볼 수 있었고.

세인트 콜룸바는 아주 작은 교회지만 시선을 잡는 것 투성이다. 찬찬히 움직이면 계속 볼 것이 등장한다. 고개를 숙이면 성당 바닥의 어지러운 모자이크 패턴이 보인다. 성당이 무수한 파괴의 역사를 딛고 서 있음을 상징하는 듯하다. 나는 조각가 루돌프 피어Rudolf Peer의 작품 〈십자가의 길 Stations of the Cross〉 앞에 한참을 서 있었다. 원시적이면서 현대적인 감각의 부조가 아름답다. 대개 열네 개의 독립된 처Station 앞에서 순서대로 기도하며 움직이는데, 이곳은 화강암 블록 벽체를 통째로 사용했다. 예수가 걸어간 14처가 벽체 한 면에 묘사되었다. 그 많은 성당에서 본 〈십자가의 길〉 작품 중에 단연 최고다.

오기 전에 제법 많은 자료를 읽었다. 로마 시대와 중세 시대부터 이어진 세인트 콜롬바의 역사와 시대적 배경, 폭격을 맞은 1943년의 상황, 마돈나 채플의 건축과 이후 일어난 사건들, 천 년 세월에 걸친 로마 가톨릭 대교구의 컬렉션에 담긴 사연과 기획전의 콘셉트, 거기에 줌토르의 작품 세계를 이해하기 위해 찾아봐야 했던 다른 프로젝트들까지. 콜롬바 미술관에 머무른 시간은 하루 한나절. 하지만 자료, 지식, 감정이 명확해져 글이 되기까지는 몇 주의 시간이 걸렸다. 확인해 보고 골라야 할 단어가 태산이었다. 줌토르가 하나의 프로젝트를 완성하기 위해 딛고 선 사유의 지평이 방대했다. 장인 정신, 현장, 실존으로 뭉쳐진 그의 논리는 구체적이고 단단했다.

뒤늦게 시작한 줌토르 공부, 그의 건축을 찾아 떠난 여정을 회고하며 이 글을 쓰다 보니 다른 계절, 다른 시간에 보고 싶은 장면들이 줄을 잇는다. 언제쯤이나 다시 갈 수 있을까? 코로나 극복과 인류의 연대를 소망해 본다.

빌라 사보아에서 보낸 하루

빌라 사보아Villa Savoye는 거장 르 코르뷔지에Le Corbusier와 그의 사촌 피에르 잔느레Pierre Jeanneret의 작품이다. 현대 건축의 5원칙과 그 원칙을 적용한 이 건물은 국제주의 양식의 표본으로 건축과 디자인을 전공한 사람이라면 반드시 숙지해야 할 사례다. 나보다 먼저 이곳에 다녀간 사람들이 부지기수며, 이 건물에 대한 논문, 칼럼, 기사 등은 이미 차고 넘치므로 나까지 뒤늦게 건축에 대한 학술적 내용을 보탤 생각은 없다.

2019년 5월 빌라 사보아를 방문했다. 오전 10시가 되어 문이 열리자마자 들어가 내부를 거닐었고 점심 시간에는 마당 잔디밭에서 샌드위치를 먹고 낮잠을 잤다. 스케치할 시간도 충분했다. 날씨도 화창했다. 오후에 다시 들어간 내부에는 다른 각도와 색채로 드리워진 빛과 그림자가 놓여 있었다. 그날 두 무리의 프랑스 초등학생 단체를 만났다. 한 팀당 약 열두 명 정도. 인솔 교사는 한 팀당 세 명.

그들은 마당에서 한 시간 정도 함께 온 선생님으로부터 건축가와 건축물에 대한 배경 설명을 들었다. 이후 건물 안으로 들어가 옥상 정원부터 투어를 시작했다. 아직 어린 친구들이었으므로 무리에서 빠져나와 딴짓을 하고, 친구와 떠들거나 장난을 치다가 야단을 맞고, 만지지 말아야 할 것들을 만지고 싶어 했다. 세계 어디를 가나 만날 수 있는 그 또래 초등학생 모습 그대로였다.

정오 무렵 잠시 관람을 멈춘 나는 정문에서 멀지 않은 곳 잔디밭 벤치에 자리를 잡았다. 그늘도 적당했고 빌라 사보아의 흰 벽면과 가는 기둥을 감상하기에도 좋았다. 1994년 7월, 이곳에 처음 왔던 그날이 떠올랐다. 덴마크에서 유학하던 중 방학을 맞은 나와 친구는 파리로 떠났다. 일정 중간에 하루는 빌라 사보아에 가기로 했다. 그런데 그날은 이상하게 일이 자꾸 꼬였다. 기차를 잘못 타거나 놓치고 길을 잃었다. 겨우 도착한 빌라 사보아의 문은 굳게 닫혀 있었다. 푹푹 찌는 날씨까지 겹쳐 지친 우리는 누가 먼저랄 것 없이 바닥에 주저앉았다. 우리가 언제 또 유럽에 올 수 있단 말인가.

조금 진정되고 나자 주변이라도 한번 둘러보고 가자는 친구의 말에 엉덩이를 털고 일어섰다. 물먹은 솜 같은 다리를 끌며 걷던 우리의 눈에 철망에 뚫린 개구멍이 보였다. 몇 초간 서로를 쳐다보던 우리는 앞다투어 개구멍으로 빨려 들어갔다. 순식간에 우리는 빌라 사보아 내부에 있었다. 경비가 호루라기를 불며 나타날 것 같다거나 아예 총을 쏠지도 모른다는 친구의 혼잣말이 들리긴 했으나 우리는 생각보다 용감했다.

당연히 내부는 볼 수 없었지만, 사진으로만 보고 배운 건물의 실체가 코앞에 있다는 사실로도 흥분되었다. 불안한 마음에도 조금이라도 더 보고 느끼고 싶은 절박함으로 마당을 뛰어다녔다. 야금야금 아껴 쓰던 필름 카메라의 셔터 소리가 쉬지 않고 들렸다. 지금도 그때를 생각하면 갑자기 천천히 흐르는 영화의 한 장면 같다. 먼저 나온 내가 친구의 손을 힘차게 잡아끌었고 완전히 빠져나와서는 큰소리로 웃었다. 온종일 이어지던 불운을 한꺼번에 보상받은 기분이었다. 돌아오는 기차 안은 각자가 느낀 이야기로 가득했다.

정신없이 마당을 뛰어다닌 25년 전 그날이 떠오른다. 나와 함께 이곳에 왔던 친구는 지금 어디서 무엇을 할까? 건축을 전공하는 학생이었는데 건축가가 되었을까? 잠시 멍하니 생각에 잠겨 있는데 견학을 마친 아이들이 밖으로 나와 잔디밭에서 도시락을 먹었다. 이런 건 인류 보편적 특징인지 남학생들이 먼저 도시락을 먹어 치우고 빌라 사보아를 배경으로 뛰어놀기 시작했다. 내가 앉아 있는 벤치로 와서 호기심 어린 눈으로 쳐다보기도 하고, 조금 용감한 친구들은 내 스케치에 관심을 보이기도 했다. 견학할 때보다 훨씬 즐겁고 행복해 보였다. 선생님들도 그제야 여유롭게 휴식의 시간을 즐겼다.

그들의 모습을 보며 예전과는 다른 관점에서의 부러움이 생겼다. 우리보다 문화적으로 앞선 나라의 어린이들을 볼 때 우리나라의 아이들과는 출발선부터 다르다고 생각했었다. 그 이유는 주로 나는 직접 볼 수 없는 것들을 그들은 지척에 두고 있음에 대한 것이었다. 하지만 그날은 그들의 '견학'보다 그들의 '소풍'이 보였다. 빌라 사보아가 공부의 공간이기도 하지만 휴식과 놀이의 공간이기도 한 그들이 부러웠다.

내가 초등학생이었던 1970년대 대한민국, 그때는 현실의 무거움이 커서 그러한 교육의 필요성과 당위성이 수면으로 올라오기 어려웠을 것이다. 학생 수는 한 반에 칠십 명을 넘었고, 그것도 모자라 2부제를 했다. 겨울의 학교는 손발이 꽁꽁 얼 만큼 추웠고 점심을 거르는 친구도 있었으니 현장 학습이나 문화예술 탐방은 남의 나라 이야기였다. 하지만 이제는 우리도 제법 잘 산다. 그래서 궁금하다. 지금의 초등학생은 어떤지. 자신이 살고 있는 지역의 문화유산을 실제로 보고 느끼는 것을 넘어서 여유 있게 머물며 뛰어놀 수 있는지. 입시와 진학 때문이 아닌 진짜 현장 학습을 경험하고 있는지. 부디 그랬으면 좋겠다.

그런 바람을 하며 빌라 사보아의 마당에 앉고 눕고 서성였다. 내가 만난 프랑스 초등학생 가운데 몇 명이 그날의 견학으로 건축과 디자인에 관심을 두게 될지 알 수 없다. 그래도 최소한, 역사에 중요한 이정표를 남긴 문화유산을 직접 보고 배우고 즐긴 시간을 통해 그것의 가치와 의미를 이해하고 존중하는 한 사람의 시민으로 자라지 않을까. 그래서 그런 건물이 어떠한 이유에서든 사라질 위기에 놓일 때 함께 반대의 목소리를 내주지 않을까.

빌라 사보아는 이름에서 알 수 있듯이 사보아 가족을 위한 집이었지만, 1965년 국가 소유의 건축물로 공식 지정되었다. 그 사이 몇 번이나 철거될 위기를 겪었다. 기적적으로 살아남은 이 건물은 마침내 2016년 유네스코 세계문화유산에 등록되었다. 전 세계인이 찾아오는 문화유산을 갖기 위해서는 그것을 만들 건축가는 물론 그것을 보호하고 지켜낼 힘과 제도와 시민 의식이 필요함을 알게 된다. 25년 만에 돌아가 여전히 같은 자리에 서 있는 빌라 사보아에서 하루를 보내고 온 나는 바로 그 모든 것에 깊이 감사한다.

빌바오 구겐하임을
휴먼 스케일로 바라보면

스페인 북부에 있는 빌바오는 내게 미뤄 둔 숙제 같은 도시였다. 건축가 프랭크 게리Frank Gehry의 구겐하임 미술관Guggenheim Museum이 개관한 지 어느덧 25년. '빌바오 효과'라는 테제와 함께 잘 지은 건축물 하나가 죽어가는 도시를 살렸다는 찬사의 글과 이미지가 쏟아지는 걸 지켜봤다. 독보적인 조형 언어를 표출하는 게리의 건축물이 전 세계적인 관심사가 되었다는 사실이야 어쩌면 놀라울 일도 아니었지만, 구겨진 모습으로 길게 엎드린 그의 건축물이 어떻게 인구 40만의 도시를 바꿨다는 건지는 정말 궁금했다.

결론부터 이야기하면, 구겐하임이 빌바오를 바꿨다는 말은 틀렸다. 도시를 바꿨다기보다, 바뀌고 있는 도시에 그 특유의 조형감으로 비집고 들어왔다고 하는 것이 맞다. 우리가 주로 보는 구겐하임은 라 살베 다리 위에서 내려다본 드라마틱한 모습이다. 하지만 발바닥을 땅에 딛고 서서 혹은 잔디밭이나 의자에 앉아 휴먼 스케일로 바라보면 건물은 의외로 차분하다. 내가 이 도시의 주인공이라고 소리 지르지 않는다. 네브리온강, 강을 가로지르는 인도교, 어린이와 가족을 위한 놀이터와 공원, 구도심과 연결된 트램과 철로 등 다양한 요소와 섬세하게 얽혀 겸손하고 자연스럽게 어울린다. 처음부터 한 몸이었던 것처럼 조화롭다.

외관을 감싼 티타늄 조각은 도시를 뒤덮은 하늘의 색채와 만난다. 낮에는 밝고 부드러웠다가 해가 지면 어둡고 진지한 색채가 된다. 구겐하임은 빌바오의 랜드마크가 아니라 어깨동무를 하고 있는 여러 친구 중 하나다. 빌바오는 도시 전체가 아름답다. 걷고 싶고 머물고 싶고 살고 싶은 곳이다. 구겐하임 미술관 바로 옆에도, 구도심의 성당 앞 광장에도 놀이터와 공원, 앉을 곳과 쉴 곳이 잘 정비되어 있다. 도시를 가로지르는 네브리온강과 그 주변은 시민들이 즐길 수 있는 레포츠와 참여할 수 있는 행사로 가득하다.

프랭크 게리를 몰라도, 미술관의 건축적 가치를 몰라도, 미술관에 전시된 리처드 세라의 작품에 대한 지식과 안목이 없어도, 미술관 주변으로 나와 도시를 즐길 수 있다. 구겐하임 때문이 아니라 주변의 놀이터와 공원, 식당과 카페 때문에 사람들이 몰려들고 이 도시가 살아났음이 명확히 보인다. "사람들은 건물이 아니라 다른 사람들을 보기 위해 도시로 나간다."는 덴마크 건축가 얀 겔Jan Gehl의 말이 생각난다.

구겐하임에서 몇 미터 거리의 숙소에 묵은 우리는 미술관 주변 공원에 누워 긴 시간을 보냈다. 책, 스마트폰, 스케치북만 있으면 온종일 놀 수 있었다. 특히 미술관 앞 건널목을 건너는 사람들을 관찰하는 것이 즐거웠다. 이곳의 독특한 신호등 때문인데, 초록색 보행 신호의 동그라미 안에 그려진 작은 사람이 움직였다. 처음에는 천천히 걷다가 점점 걸음이 빨라졌다. 10초가 남으면 더 빨라지다가 5초가 남으면 뛰었다. 안전한 보행을 유도하는 재치 있고 유머러스한 아이디어였다.

유럽은 물론 스페인의 다른 도시에서도 보지 못한 신호등이었다. 사람들은 신호등 안의 작은 초록색 사람과 함께 걷거나 뛰었다. 지친 몸으로 걸을 때 누군가가 조용히 옆에 다가와 보폭을 맞춘 경험이 있다면 그 느낌을 알 것이다. 따뜻하고 든

든하다. 아무 일도 없는 평범한 날일지라도 횡단보도를 오가며 초록색 사람 때문에 웃었다. 다양한 통계가 있지만 성인의 경우 하루 겨우 열 번에서 열다섯 번 정도를 웃는다고 했던가. 그러니 신호등 때문에 몇 번 더 웃는다는 건 얼마나 소중한가.

잔디밭에서 뒹굴며 빌바오에 대한 자료를 찾았다. 14세기 초에 설립된 빌바오는 19세기부터 철강업이 발달했으며, 이를 계기로 스페인의 산업 중심지로 성장했다. 이후 20세기 빌바오의 역사는 독재자 프란시스코 프랑코Francisco Franco 장군을 중심으로 한 격동의 스페인 역사와 맥을 같이 했다. 내전에 승리한 그가 1975년 사망할 때까지 독재 정치가 이어졌고, 이 시기 빌바오를 포함한 스페인의 정치적 상황은 복잡했다. 1970년대 후반 빌바오를 지탱하던 해운, 철강업마저 사양길에 접어들면서 사람들은 빌바오를 떠나기 시작했다.

이를 되돌리기 위한 획기적이고 장기적인 변화가 필요했다. 1980년대 중반 빌바오 지방 정부가 선택한 키워드는 놀랍게도 '문화'였다. '문화예술 산업을 통한 도시 발전 및 경제 부흥 계획'만이 도시의 경쟁력을 높일 수 있음을 인식했다. 잘사는 도시가 아니라 살기 좋은 도시를 목표로 세웠다. 그런 도시에는 작고 소소한 디테일이 필요하다는 것도 잊지 않았다.

목표한 변화를 효과적으로 만들기 위해서는 안정된 조직과 자본이 필요했다. 대표적인 것이 빌바오의 도시 재생을 총괄하는 공적 기업 '빌바오 리아 2000'이었다. 초기 자본 180만 유로에서 출발한 이들은 정부가 소유한 부지를 적극적으로 개발한 다음 민간 개발자에게 매각하는 방법을 통해 독립적이고 지속 가능한 재정 구조를 만들어냈다. 게다가 총 투자 예산의 14%를 유럽 연합의 보조금으로 조달함으로써 자원을 지속해서 증가시켰다. 비영리재단인 이들은 부동산에서 얻은 수익을 모두 다시 도시 재생 프로젝트에 투자했다.(http://www. bilbaointernational.com/en/i/에서 요약 및 정리)

이 자본으로 구도심에 있는 역사적 건물을 복원했고 구겐하임 미술관 건설비의 여섯 배에 달하는 8억 유로를 오염된 강을 되살리는 데 투자했다. 노먼 포스터Norman Foster의 지하철 역사, 산티아고 칼라트라바Santiago Calatrava의 공항 터미널, 세자르 펠리Cesar Pelli의 수변 공간 개발 등 유명 건축가가 참여하는 프로젝트를 속속 유치했다. 구겐하임 미술관도 그중 하나였다. 이 모든 계획과 실행은 어쩌다 한 번 찾아오는 관광객을 위한 것이 아니라 빌바오에 살고 있는 시민과 그들의 일상을 위한 것이었다.

그래서 빌바오는 게리의 건축물과 그 외 유명 건축가의 작품만 휘리릭 보고 지나가서는 제대로 감지할 수 없다. 여행자의 조급함을 버리고 원주민의 여유를 장착해야 한다. 느리게 걷고 수시로 앉고 공원에 드러누워야 한다. 그래야만 보이는 작지만 소중한 가치가 도시 구석구석에 숨어 있다. 당신이 구겐하임 미술관에 꽂힌 시선을 거두고 잠시나마 빌바오의 시민이 될 수 있다면 빌바오는 무대를 바꿔 지속되는 우리 삶의 여정에 작지만 소중한 행복을 선사해 줄 것이다.

해안 도로에 앉아 바라본
글라스하우스

제주 섭지코지에 있는 글라스하우스는 일본의 건축가 안도 다다오安藤忠雄의 작품이다. 주로 제주 휘닉스 아일랜드 리조트 주차장에 차를 세우고 걸어 들어간다. 하지만 그날은 왜 그랬을까? 주차장으로 올라가는 길 대신 왼쪽 길로 접어들었다. 일방통행이 아닐까 살짝 헷갈리는 길이었다. 바다에 더 가까운 길로 가고 싶었던 건지 이유는 알 수 없다. 먼저 와서 세워져 있는 차들을 보며 적당히 주차했다. 왼쪽으로는 제주 특유의 현무암으로 뒤덮인 해변과 성산일출봉이 보였고, 오른쪽에는 방목된 말들이 한가롭게 노닐고 있었다. 저 멀리 삼각대를 세우고 사진을 찍는 사람들, 바다에 낚싯대를 드리우고 있는 사람들이 보였다.

제주 바다 푸르른 물결과 현무암의 질감이 절묘하게 어우러졌다. 억새가 뒤엉킨 완만한 대지 위 하늘의 색감은 감탄을 불렀다. 사람을 경계하지 않는 잘생긴 말과의 교감도 즐거웠고 소원을 빌며 현무암을 쌓아 올리는 과정도 소중했다. 이 길을 발견한 것은 큰 행운이었다. 그 시간을 아끼며 즐겼다. 시간이 얼마나 흘렀을까? 한 걸음 한 걸음 천천히 움직이던 내 눈에 양팔을 벌린 글라스하우스의 모습이 보였다.

바로 그때 글라스하우스 뒤편으로 한여름의 태양이 떨어지기 시작했다. 파도의 흔들림과 현무암의 거친 반짝임이 어둠 속으로 사라지자 밤의 주인공이 자태를 드러냈다. 깜깜해진 줄도 모르고 뛰어놀다 담 넘어온 엄마의 목소리에 놀란 어린아이처럼 글라스하우스를 바라봤다. 해는 하루도 빠짐없이 같은 자리에서 졌을 터인데 그날의 일몰은 특별했다. 태양이 뒤에서 비추자 글라스하우스 전체가 하나의 유리 덩어리가 되었다. 없던 건물이 마술처럼 나타난 것 같았다. 그 자리에 있던 이들이 모두 글라스하우스를 처음 본다는 듯 탄성을 질렀다. 우리는 누가 먼저랄 것 없이 화강암 위에 자리를 잡았다.

글라스하우스는 대학원생들과 견학차 몇 차례 방문하면서 공부도 한 건물인데 먼 길을 돌아 우연히 만난 건물은 전혀 다른 이야기를 건넸다. 찰싹이는 파도 소리를 벗 삼아 건축이 품고 있던 침묵의 소리가 들렸다. 유리의 물성이 언어가 되어 속삭였다. 영화의 엔딩 크레딧을 끝까지 지키는 몇 안 되는 관객처럼 우리는 먼발치에서 글라스하우스가 깊은 어둠 속으로 사라져가는 것을 바라봤다. 성산일출봉과 글라스하우스는 각자의 자리에서 아름다웠다. 제주 풍광의 맥락을 거스르지 않았다. 다음에도 같은 길로 꼭 일출 때 와 보리라. 태양과 바다를 향해 손을 벌린 건물은 또 다른 얼굴을 할 것이다.

휘닉스 아일랜드는 약 2만 평이 넘는다. 그곳에 함께 위치한 유민 미술관을 거쳐 노출 콘크리트 벽체를 올려다보며 다가선 글라스하우스는 내게 별 감동을 주지 않았다. 안도 특유의 미니멀한 벽체와 필로티 위에 올라앉은 유리 박스가 유난히 부담스러웠다. 바로 옆 유민 미술관처럼 땅에 엎드려 있지 않아서일까? 섭지코지라는 자연환경과 지역성을 반영했다고 하는데 공감하기 어려웠다. 그러기에는 너무 우뚝 서 있었다.

성산일출봉, 광치기 해변 등 글라스하우스의 주변 경관은 입면 전체가 유리로 덮인 레스토랑 내부 창문을 통해 볼 때 비로소 조화로웠다. 레스토랑 어느 위치에 앉든 제주 동남쪽 해변의 절경을 감상할 수 있었다. 커피와 디저트를 시키고 앉아 붉은 오름과 등대를 오르내리는 사람들을 바라보는 그 시간 이 충만했다.

어떤 건축물을 만나느냐만큼 중요한 것이, 어떤 방법으로 만나느냐이다. 건축가는 가장 이상적인 방법을 기획하고 제안한다. 그날 우연히 발견한 동선 덕분에 같은 건축물을 전혀 다른 모습으로 만났다. 건축가도 처음에는 이 동선으로 사람들이 건축물에 도달하도록 기획했을까? 문득 『건축, 음악처럼 듣고 미술처럼 보다』(서현 지음, 효형출판, 2014)에서 언급한 과천 국립현대미술관에 이르는 길이 떠올랐다. 책에서 서현은 건축가 김태수가 의도한 동선을 자세히 설명한다.

김태수 건축가는 크게 두 가지 방법으로 우리를 안내한다. 첫째는 긴 동선이다. 족히 한 시간이 걸린다. 저 멀리 손톱만한 미술관의 지붕이 보였다 사라지기를 반복하며 그 길이 국립현대미술관으로 가는 길임을 상기시킨다. 길목 여기저기에 우리의 반응을 훔쳐보는 호기심 어린 건축가의 눈빛이 있을 것 같다. 두 번째는 방향이다. 한 시간 내내 산을 배경으로 한 건축물의 뒷모습을 쫓던 우리에게 마침내 모습을 드러낸 건축물은 별안간 방향을 바꿔 우뚝 선다. 건축가는 산과 하늘을 번갈아 배경으로 활용하면서 미술관으로 가는 과정과 결과를 흥미롭게 만들었다. 하지만 안타깝게도 사람들은 이 길 대신 5분 만에 미술관 정문에 데려다 준다는 코끼리 열차를 선택한다.

글라스하우스도 현대미술관처럼 접근의 편리함 때문에 건

축가의 섬세한 스토리텔링을 잃어버린 걸까? 반대 동선으로 접근한 글라스하우스는 전혀 다른 모습이었다. 과정의 차이가 공간 경험의 차이를 낳았다. 해안 도로는 타박타박 걷기에 적격이고 주변은 계절과 시간에 따라 각기 눈부실 것이다.

2002년 제주국제자유도시 종합 계획 발표 이후, 그린벨트 및 각종 규제 완화로 제주에 주택 단지가 조성되었고 고층 건물이 등장했다. 국제자유도시 추진 정책에 따른 지원과 세제 혜택으로 안도 다다오, 이타미 준伊丹潤, 구마 겐고隈研吾, 마리오 보타Mario Botta 등 세계적인 건축가의 작품이 속속 들어섰다. 제주에서 그들이 설계한 현대 건축물을 보는 재미와 의미가 없는 건 아니지만 우려도 있다. 그들이 제주 특유의 지역성과 역사성을 살리면서 자연과 조화를 이루고 있는지, 무엇보다 제주인의 삶, 추억, 흔적과 함께 공존하고 있는지…….

제주의 건축과 주택에는 오랜 세월 척박한 자연환경과 싸우고 적응해 온 제주 사람의 삶과 지혜가 담겨 있다. 거센 바람에 순응하기 위해 초가의 지붕이 낮아졌고 옆에서 들이치는 비바람을 막기 위해 지척에 널려 있는 구멍 뚫린 화강암이 필요했다. 도둑이 없는 제주 주택의 출입구는 외부를 향해 늘 편안하게 열려 있다. 평생을 부지런히 일하며 살아온 제주 여자들에게 집은 인공적인 장식을 최대한 배제한, 소박하고 기능적인 곳이었다. 부디 이런 제주의 가치를 잃지 말기를. 제주만이라도 개발이라는 명목 아래 역사와 흔적, 추억을 몽땅 지워 버린 뭍에서의 실수가 반복되지 않기를 바란다. 이미 너무 늦지 않았다면.

유모차와 함께 한 여정,
오사카 가이유칸 수족관

오사카 가이유칸 수족관海遊館은 수족관 설계 전문가 집단인 피터 셰르메이예프 LLC Peter Chermayeff LLC가 설계를 담당했다. 외관은 물론 전시 동선이 흥미롭다. 입구가 있는 3층에서 8층까지 에스컬레이터로 이동한 다음 나선형 통로를 따라 돌아 내려오면서 관람한다. 열다섯 개의 수족관은 환태평양 지역을 구체적으로 재현한다.

몇 년 전 딸아이와 함께 수족관을 방문했다. 세 번째 방문이었다. 그전에는 두 번 모두 대학원생들과 함께 왔다. 빠듯한 일정에 수족관 내부를 30여 분이나 봤을까. 중요한 설계 포인트를 숙지한 다음 빠른 걸음으로 공간 전체를 주파했다. 하지만 이번에는 상황이 좀 달랐다. 일본인과 결혼해서 오사카에 살고 있는 친구 딸, 그리고 14개월 된 친구의 손자가 유모차를 타고 동행했다. 유모차에 탄 아이가 포함된 비 디자인 전문가 그룹인 우리는 거북이처럼 움직였다.

관람 속도가 느려지자 전에는 보지 못했던 모습이 보인다. 원래 귀여운 줄 알았던 펭귄과 돌고래는 물론이고 물고기가 이토록 매력적인 생물체였던가. 그들의 현란한 자태와 다양한 표정에 취해 태평양의 여기저기를 옮겨 다니는 사이 거짓말처럼 세 시간이 지났다. 결국 우리는 편의점 도시락으로 점심을 때우고 재입장했다. 돌고래와 펭귄, 수달과 가오리, 해파리를 한 번씩 더 보고 싶었다. 중간중간 쉬면서 간식을 먹고 움직이길 반복하니 지루하거나 피곤한 줄 몰랐다.

화장실 근처의 작은 휴게 공간에는 유모차를 대동한 사람들이 자리 잡고 있었다. 타인에게 피해를 주지 않는 그들 특유의 예의 바름으로 간식을 먹거나 대화를 나눴다. 우리도 그들 곁에 앉았다. 아이에게 간식을 주고 챙겨 온 과일과 음료수를 먹었다. 들고 있던 안내 리플릿을 펼치자 새삼 눈에 들어오는 게 있었다. 바퀴 달린 유모차 일행이 구석구석 누비는 데 불편함이 없도록 엘리베이터 위치와 슬로프 동선이 표시되어 있었고, 규모가 작은 화장실과 보조 의자가 층마다 여러 곳에 배치되어 있었다. '작지만 자주', 그게 어린아이를 동반한 사람에게 얼마나 중요한 것인지 깨달았다.

한참을 헤매다 다시 휴게 공간에 앉았을 때 딸아이가 혼잣말처럼 물었다. "여기 있는 생물들은 지척에 바다가 있다는 것을 알까?" 갑자기 말문이 막힌다. 2009년 작 〈더 코브: 슬픈 돌고래의 진실〉이라는 다큐멘터리를 보고 받은 충격과 문제의식이 떠오른다. 수족관, 동물원의 존재 이유, 역할에 의문이 생긴다. 한때는 인간을 위해 말 못 하는 동물을 가두고 사육하는 것이 윤리적으로 옳지 않다는 동물보호협회의 의견에 대체로 공감하는 편이었다.

한편에서는 수족관의 역할이 멸종 위기의 해양 생물을 보호함으로써 관람자에게 생명윤리를 가르칠 수 있다고 말하기도 한다. 어느 쪽이 맞을까? 우리도 제법 진지하게 각자 의견을 나눴다. 손에 든 스마트폰으로 이리저리 검색해 본 우리는 가상 동물원, 수족관에 관한 기사를 찾았다. 미국 LA와 뉴욕은 물론 우리나라 국립 광주과학관에서도 라이트 애니멀 사이언스 쇼를 열었다. 소위 디지털 수족관이다. 고통받는 동물 없이 바다와 해양 동물에 대한 정보와 감동을 얻을 수 있는 공간이 가까운 미래에 가능하지 않을까?

수족관에서 통째로 하루를 써 버린 우리는 오사카에서 제일 맛있다는 라면집에서 라면을 먹고, 덴노지역 근처의 공원에 드러누웠다. 번잡한 시내 한구석에 있는 작은 공원이었다. 일과 더위에 지친 일본 사람들이 쉬고 있었다. 우리도 수족관에서 나눈 이야기, 맛있게 먹은 라면과 일본의 먹거리에 대한 담소를 나누며 긴 시간 공원에 머물렀다. 이 작은 공원이 평범한 사람들의 일상을 소중하게 담아내고 있었다.

한때 우리를 지배했던 나라에 대한 거부감이나 불편함과는 별개로 디자인 분야에서 일본은 배울 게 많다. 오랫동안 국내 인테리어 시장 경쟁의 무대는 일본에서 잘 나가는 스타일을 누가 먼저 서울에서 재현하느냐에 달려 있었다. 주말을 이용해서 도쿄에 수시로 드나들었고, 아침부터 저녁까지, 수십 개의 건물과 공간을 순회하며 수백 장의 사진을 찍었다. 일본의 디자인을 쫓다 보면 한국 디자인의 방향이 보일 것 같았다.

디자이너와 디자인 교육자로서 나이를 먹는 과정에서 일본과 차별화된 우리만의 아름다움, 일본과 비교할 수 없는 깊고 융숭한 철학적 가치를 속속 발견하고 감탄했지만, 이를 우리의 공간에, 가구에, 물건에 녹여내는 과정과 방법은 여전히 쉽지 않았다. 하지만 지금 나의 후배들은 당당하게 잘하고 있어서 다행이다. 2030 세대에겐 일본에 대한 열등감이라는 개념 자체가 없다. 최근 여러 정황과 수치로 볼 때 일본은 내게도 더는 닮고 싶은 선진국이 아니다.

유모차와 함께 한 여정에서 비로소 질문해 본다. 우리가 일본으로부터 배워야 할 건축과 디자인의 가치는 무엇일까? 익히 알고 있듯 전통을 얄미울 정도로 자연스럽게 현대화한 자연주의나 미니멀리즘, 세대를 이은 장인 정신에 기초한 철두철미한 디테일일까? 그보다는 오히려 휠체어나 유모차가 독립적이고 주체적으로 활보할 수 있는 안전하고 편리한 도로와 대중교통 시스템, 누구에게나 열려 있는 작지만 소중한 도심 곳곳의 공원과 휴게 시설 아닐지. 평범한 사람들의 일상에서 반복되는 좋은 공간과 디자인 경험이 자연스럽게 일본인의 유전자로 스며들어 좋은 디자이너, 좋은 디자인을 알아보는 시민을 만드는지도 모르겠다.

대학로와 김수근 건축

약속 시간보다 한 시간이나 일찍 도착했다. 살짝 배가 고파 샌드위치와 커피를 사 들고 주변을 둘러본다. 어디에 앉을까? 결정이 생각보다 쉽지 않다. 지나가는 자동차의 매연과 낯선 사람의 시선, 나보다 먼저 자리를 차지하고 있는 사람들, 뜨거운 햇빛과 그림자. 피하고 싶은 것이 줄을 잇는다. 내가 이렇게 까다로운 사람이었나?

만약 장소가 대학로의 혜화역 인근이라면 크게 걱정할 필요 없다. 지하철 4호선 2번 출구로 나오면 만나는 옛 샘터 파랑새 극장(현재 공공일호). 건물보다 주변에 북적대는 무리를 먼저 보게 되는 곳. 그곳 1층 입구 주변의 난간과 기둥에는 혼자서 누군가를 기다리거나 나처럼 잠시 멈추고 싶은 사람으로 가득하다. 소개팅 접선 장소로도 훌륭하다. 건물과 도로가 만나는 어딘가에 엉덩이를 걸치고 스마트폰을 들여다보는 사람들, 1층 카페나 아이스크림 가게를 드나드는 사람들, 그리고 그런 사람들을 훔쳐보는 사람들까지, 그 모습이 모두 합쳐져 샘터 파랑새 극장의 첫인상이 된다.

샘터 파랑새 극장 주변이 소수를 위한 앉을 곳이라면 아르코 예술극장 주변은 다수를 위한 앉을 곳이다. 대학 시절 몸담았던 연합동아리 사무실은 혜화역 인근에 있었다. 집회 뒤풀이 장소는 늘 옥외 공간이었다. 아르코 예술극장 주변은 여러모로 안성맞춤이었다. 도로변에서 떨어져 자동차의 소음으로부터 멀어질 수 있었고 마로니에 공원의 여유로움을 즐길 수 있었다. 거친 벽돌의 질감이 만들어 내는 빛의 변주가 왜 그토록 매력적이었는지 이십 대 초반이었던 그때의 나는 정확히 알지 못했다.

건물 입구의 낮은 계단에 스무 명 남짓한 동아리 회원들이 듬성듬성 앉으면 기타 반주를 하거나 노래를 부르는 친구들이 세 개의 낮고 네모난 기둥에 번갈아 앉았다. 노래를 잘하는 친구가 불려 나와 독창을 하기도 하고 혼자 시작한 노래가 금세 합창이 되기도 했다. 우리가 노래하며 노는 모습을 구경하는 사람도 많았다. 한참을 신나게 놀다 보면 누가 동아리 회원인지조차 구별하기 어려웠다.

건축가 김수근이 설계한 건축의 특징 중 하나가 도로와 만나는 1층 입구 공간이다. 건물 1층은 바로 앞 공원이나 주변 길과 골목처럼 이어진다. 어디까지가 건축이고 어디까지가 길인지, 어디까지가 외부이고 어디까지가 내부인지 분명하지 않다. 그 애매함이 지나가는 사람들의 앉을 곳을 만들고, 그 덕분에 건축은 외로울 새가 없다. 공연이 없는 날, 휴일에도 사람의 온기로 따뜻하다. 권력 관계, 사회적 관계를 다 내려놓고도 사람을 끌어당기는 힘을 가진 누군가처럼 따뜻한 카리스마가 느껴진다.

어느 시대나, 어느 나라나 이십 대 청년들의 주머니는 가볍기 마련이다. 그런 청년들에게 공짜로 앉을 곳이 많은 대학로는 그것만으로도 매력적이었다. 한때 대학로에 자리 잡았던 서울대학교는 이미 관악산 자락으로 이사한 지 오래지만, 덕분에 대학로라는 별명을 얻은 이곳은 여전히 젊은이들의 놀이터다. 여기서 젊은이가 대학생만을 의미하는 건 아니지만 말이다.

2004년 건국대학교에 처음 출근하던 날 연구실 건물의 계단을 오르는데, 유리창 너머 붉은 벽돌 건물이 눈에 들어왔다. 처음에는 루이스 칸Luis Khan의 건축 언어가 보였다. 알고 보니 건축가 김수근이 설립한 설계사무소 공간의 작품이다. 대학로에서 봤던 벽돌의 질감과 그림자의 흔적이 어우러져 한 편의 시가 된다. 벽면과 창문의 프레임은 외부 풍경을 천천히 걸러 받겠다는 듯 단차를 두고 겹쳐져 있다. 외부와 접하는 1층 벽면에는 골목길 같은 반옥외 공간이 있다. 외부 계단을 따라 내려가면 건물 뒤에 숨겨진 선큰 공간이 나타난다. 건물 전면에서는 상상하지 못한 의외의 공간이다. 파란 하늘 아래 뚫린 공간으로 태양 빛이 쏟아져 한겨울에도 따스하고 쾌적하다.

대학로에서 내가 경험한 김수근의 건축 언어와 동일한데, 건국대 캠퍼스의 건물 주변에는 사람이 없다. 학교 구성원들은 건물 속으로 빠르게 사라진다. 이유가 뭘까? 무엇보다 차도와 주차장이 건물 주변을 둘러싼다. 얀 겔의 연구에 따르면 시속 60km로 달리는 차와 시속 4km로 걷는 인간은 옥외 공간에서 공존할 수 없다. 옥외 공간에 사람을 머물게 하려면 차와의 분리가 필수다. 그게 어렵다면 서울 덕수궁 돌담길에서 실현했듯이 차도를 1차선으로 줄이고 구불구불하게 만들어 차가 속도를 내지 못하게 해야 한다.

그렇게 되면 건국대 캠퍼스의 종합강의동 주변에도 사람들이 앉기 시작할 것이다. 이 건물에는 사람들이 앉고 기대고 머물 수 있는 장치가 이미 충분하다. 샌드위치와 음료수를 든 학생들이 간단하게 식사를 하고 자판기 커피를 뽑아 들고 담소를 나눌 수 있다. 무엇보다 이미 자리 잡은 누군가를 발견하고 함께 앉아 대화를 나누는 '우연한 만남'이 일어날 것이다. 이 건물도 대학로의 건물들처럼 외롭지 않을 것이다. 그렇게 활기찬 캠퍼스를 그려 본다.

세종문화회관 앞 계단에 앉아

고등학교 3학년 때 광화문에 있는 미술 학원에 다녔다. 뒤늦은 진로 선택이라 빠르고 전문적인 대책이 필요하다는 미술 선생님의 조언 때문이었다. 그렇게 나는 매일 서울 속 시골 같은 신림동에서 142번 버스를 타고 시내 한복판 광화문까지 오갔다. 왕복 두 시간이 족히 걸리는 거리였다. 초중고 모두 집에서 20분 이상 통학한 적 없었기에 하루하루가 여행하는 기분이었다. 그게 적잖이 피곤했는지 안 그래도 잠이 많은 나는 수업 시간에 조느라 정신이 없었다.

그해 대학 입시에 실패한 탓일까. 당시 미술 학원에서의 기억은 별로 없다. 하지만 그 외의 시공간은 제법 선명하다. 미술 학원에서 나와 집으로 가는 길, 지금은 이름조차 잊은 그 시절 단짝 친구는 걸어서 20분이면 집에 갈 수 있었는데도 나를 배웅한다며 늘 버스 정류장까지 함께 왔다. 우리는 세종문화회관 앞 계단에 앉아 끝도 없는 수다를 떨었다. 할 이야기가 없으면 조동진 노래 〈제비꽃〉을 낮게 불렀다. 적당한 소음이 있는 버스 정류장 앞 계단에서 부르는 노래는 우리 귀에만 들렸다. 우리만의 감상에 젖어 드는 시간이었다. 마침내 막차에 오른 나는 친구와 한동안 못 볼 것처럼 길게 손을 흔들었다.

미대 입시생이던 우리에게 재밌는 대화거리는 국제극장을 포함한 영화관 간판의 그림이었다. 인터넷이 없던 그때는 영화관 간판이 흥행에 절대적 요소였다. 다만 시내 주요 영화관의 간판 그림은 감탄을, 소도시 골목에 있는 간판 그림은 폭소를 자아냈더랬다. 그중 국제극장의 간판 그림은 늘 훌륭했다. 배우 얼굴의 입체감이 생생해서 비결이 뭘까 관찰하곤 했는

데 어떤 그림은 우리가 그리던 석고 데생의 중요한 참고 자료
가 되었다. 나는 국제극장이 철거되기 전 그곳에서 영화 〈이
티〉를 봤던 것으로 기억한다. 그해 여름, 한동안 걸려 있던 이
티의 새파란 간판 그림은 당시 광화문 사거리의 풍경을 바꿀
정도로 인상적이었다.

　1984년, 세종문화회관 앞 계단은 규모에 비해 쓸쓸했다. 우
리처럼 헤어지는 것이 아쉬운 사람들 외에는 머무는 이가 거
의 없었던 탓일까. 우리 눈앞에 펼쳐진 16차선 도로는 광활했
고 이순신 장군 동상의 뒷모습은 섬처럼 외로워 보였다. 주변
에는 편히 들락거리며 쉴 수 있는 카페나 상점들처럼 유연한
경계가 없었다. 공연장에 볼일이 있는 사람이 아니라면 근처
에 머물 이유가 없었다. 수도 서울의 랜드마크임에도 그곳을
오가는 사람들과 연결되는 지점은 없었다.

　1978년 건립된 세종문화회관은 규모나 외관에서부터 신전
에 버금가는 권위와 위엄을 자랑한다. 정면에 위세 좋게 나열
된 열주를 바라보며 당시 고3이던 내 인생과는 전혀 상관없는
뉴스 속 이미지라 생각했다. 그도 그럴 것이 1987년 민주화 이
전에는 문화예술 행사보다 대통령이 참석하는 정부 공식 행
사가 많았고, 대중예술인이 공연하는 것이 불가능했다.

　시드니 오페라 하우스의 모습은 주변을 가득 채운 사람들
과 함께 기억된다. 오페라 하우스 주변은 공연을 보러 가는 사
람만의 공간이 아니다. 베를린 필하모니 오케스트라 주변도
마찬가지다. 공연장만큼이나 주변 공간, 주변과 접점이 되는
공간을 섬세하게 설계한 덕분이다. 만약 시드니 오페라 하우

스와 베를린 필하모니 오케스트라 주변에 사람이 머물 수 없었다면 아마도 전혀 다른 평가를 받았을 것이다. 세종문화회관 뒤편에도 소위 마당의 역할을 하는 장소가 있으나 거기까지 가는 과정이 쉽지 않았다.

그런 문제의식 때문이었을까. 2004년부터 세종문화회관은 개보수, 증개축을 거쳐 변화했고 2015년 4월 6일 재개관했다. 고 엄덕문 건축가의 설계 의미를 존중하면서 시대와 위치에 걸맞은 문화 공간의 쓰임에 다가가려는 취지였다. 2013년 서울시에서 발행한 『세종문화회관 증축 및 리모델링공사 건설지』에 실린 현장 소장 이세현의 축사를 보면 "야외정원을 비롯한 관람자 및 인접한 커뮤니티를 위한 폭넓은 서비스 공간을 제공했다."(9쪽)고 되어 있어 기대가 컸다.

시민의 입장에서 보면 세종문화회관은 나 홀로 괜찮아질 수 없다. 주변의 상황과 긴밀하게 연동된다. 서울시의 광화문광장 재구조화 사업이 발표되고, 이에 반발한 시민단체가 기자회견을 하는 모습이 반복될 때마다 세종문화회관 계단과 주변 공간이 함께 떠올랐던 것도 그 때문이었다. 세종문화회관이 준공된 때로부터 44년, 그 사이 대한민국, 서울, 광화문과 그 곁을 지나는 사람들은 전혀 다른 모습이 되었다. 과연 이 모든 것은 어떻게 상생할 것인가?

고3 시절 그 계단에 앉아 있던 나는 이제 오십 대가 되었다. 세종문화회관이 서울시민을 위한 문화의 허브로, 또는 광화문을 찾는 시민의 휴식처로 변신했다는 뉴스를 간간이 들었으나, 충주에 사는 나는 그걸 제대로 즐기지 못했다. 30여

년 만에 세종문화회관 앞 계단에 앉게 된 것은 2017년 초 열린 촛불집회 때였다. 도심 속 여느 계단이 그렇듯, 다수의 사람과 뒤섞여 앉기에 계단만 한 곳이 없다. 허리나 다리에 몰려오는 부담감이 바닥에 앉는 것보다는 견딜 만하고 무엇보다 시선이 막히지 않아 좋다.

이제 더 많은 사람이 다양한 이유로 세종문화회관 앞 계단을 사용한다. 내가 처음 찾았던 때보다는 덜 쓸쓸한 모습이다. 그럼에도 아직 뭔가 아쉽던 차에 조한 교수의 책 『서울, 공간의 기억, 기억의 공간』(돌베개, 2013)을 만났다. 책의 351쪽에 등장하는 합성 이미지에는 영화 〈로마의 휴일〉의 오드리 헵번과 그레고리 펙이 스페인 광장 앞 계단 대신 세종문화회관 계단을 배경으로 서 있다. 계단 중앙에는 세종대왕 동상이 자리 잡고 있다. 조한 교수는 광화문 광장을 세종문화회관 앞에 붙인 다음 세종대왕 동상을 옮겨 오자고 한다. 우리만의 영화적 풍경을 만들 수 있을 것이라면서.

볼거리가 있어야 사람들은 앉는다. 계단이라는 훌륭한 건축적 장치도 광장의 존재가 없으면 무용지물이 된다. 그걸 증명했던 것이 내가 고3 때 앉았던 세종문화회관 중앙 계단이다. 절박한 사연을 담은 정치집회도 좋지만, 더 다양한 콘텐츠로 '볼거리'를 확장해 가려면 아직도 고민해야 할 것이 많다.

영화감독 여균동의 제안은 어떤가? 그는 『서울, 공간의 기억 기억의 공간』의 저자 강연회에서 이렇게 말했다. "저는 광화문 앞 도로 전체를 지하차도로 만들어 버리고 아예 사람이 다니게끔 하면 어떨까 싶어요. 광화문에 가면 답답함을 느끼곤 하는데요. 뭔가 소통이 되는 연결고리가 하나도 없거든요. 세종문화회관 건너편도 그렇고, 그 반대편도 마찬가지예요. 오드리 헵번이 세종문화회관 중앙 계단으로 내려와도 넘어올 공간이 없는 거예요. 광장은 있는데 막혀 있는 공간 같이 느껴져서 답답하더라고요"

"민주주의는 장소의 문제다.
본질적으로 장소에 대한
감수성의 문제다.
장소 없는 민주주의는
사람이 살지 않는 집과 같다."

이문재, 「민주주의는 장소다」,
《경향신문》, 2011년 9월 7일

2장

도시에 앉다

누구에게나 열려 있는
코펜하겐의 옥외 공간

1994년 여름, 계절 학기 수업을 듣기 위해 도착한 코펜하겐의 첫인상은 '작고 좁다'였다. 16세기에 지어진 학교 건물 속 원형 계단은 교행이 불가했고 침대 하나, 책상 하나, 욕실로 구성된 기숙사 방은 여행용 가방을 내려놓자 발 디딜 틈이 사라졌다. 평균적으로 키가 큰 덴마크인의 신체 치수 때문인지 내가 마주친 덴마크의 실내 공간은 늘 그렇게 작고 좁아 보였다.

그들은 왜 이렇게 작게 만들었을까? 새로 짓는 집이나 건물도 마찬가지였다. 여러 가지 이유가 있겠지만 그중 하나는, 누구에게나 공평하고도 넉넉한 옥외 공간에 있었다. 우리의 한옥이 창밖 풍경을 품는 바람에 답답하지 않듯 덴마크 내부 공간의 협소함도 상대적으로 활짝 열린 공적 영역에서 충분히 상쇄되었다. 개인의 집을 크게 지을 이유가 없었다.

내가 다니던 학교는 시내 중심인 베스터게이드Vestergade에 위치했다. 학교 문을 나서면 1분 만에 코펜하겐에서 가장 번화한 광장 중 하나인 감멜토르브Gammeltorv에 도달한다. 광장은 1795년 코펜하겐 대화재 이후 세워진 신고전주의 건물로 둘러싸여 있고, 중앙에는 1610년에 크리스티안 4세Christian IV가 세운 카리타스 우물이 있다.

광장 주변 건물 1층의 카페나 레스토랑에는 사람으로 가득했다. 점심 시간과 쉬는 시간, 그리고 여름철에는 11시까지 해가 지지 않는 긴 저녁 시간에 우리는 틈만 나면 어둡고 답답한 강의실을 탈출해 광장을 향했다. 학생이던 우리는 살 떨리게 비싼 코펜하겐 카페에 앉는다는 건 꿈도 못 꿨다. 그 대신 늘 카리타스 우물 주변에 앉았다. 우물을 둘러싼 다양한 높이의 난간에는 기댈 곳, 앉을 곳, 머물 곳이 충분했다.

스케치 숙제도 할 겸 바이올린을 켜는 소년의 모습을 그리며 잔돈 몇 개로 음악에 취하기도 하고 마음에 둔 친구에게 농담을 던지며 로맨스 영화 속 주인공을 꿈꿨다. '3개월, 유럽에서의 계절학기'라는 특징은 다양한 시한부 연애를 가능케 했고, 우리 중 한 명은 학기가 끝날 무렵 바로 그 광장에서 프러포즈를 받았다. 어떤 날은 이른 아침부터 칼스버그 맥주를 손에 들고 앉아 있는 사람들을 힐끗거리며 북유럽 국가의 사회보장 제도를 놓고 찬반 토론이 오가거나 차도르 입은 여러 명의 아내와 아이들을 거느린 가족을 보면서 그들의 이민자 정책에 시비를 걸기도 했다.

주중에 우리의 놀이터가 감멜토르브였다면 주말에는 뉘하운Nyhavn이었다. 뉘하운은 덴마크어로 '새로운 항구'를 뜻한다. 학교에서 도보로 20여 분이면 도착할 수 있다. 파스텔 색조의 역사적 건물과 그 앞에서 한가롭게 시간을 보내는 사람들, 항구에 줄지어 선 요트의 잔잔한 흔들림 뒤로 어디선가 들려오는 재즈의 선율이 뒤섞인 뉘하운은 화려하지도 거창하지도 않은데 풍성하고 풍요로웠다.

뉘하운에서 우리의 자리는 요트가 정박해 있는 난간이었다. 아껴 둔 용돈으로 아이스크림을 사 들고 지나가는 사람들 국적 맞히기 놀이를 하거나, 우리 사이에 일어나는 온갖 가십을 공유했다. 물론 어쩌다 한 번쯤은 수업 시간에 해결하지 못한 질문을 이어가기도 했다. 도로 폭이 넓지 않고 늘어선 건물의 높이와 파사드가 크지 않으며 카페에 앉아 있는 사람, 난간에 앉아 있는 사람, 그 사이를 천천히 걸어가는 사람의 숫자가 비슷비슷하므로 서로의 시선에 방해받지 않았다.

밤샘과 토론, 프레젠테이션으로 이어지는 디자인 전공 대학생의 전형적인 삶으로 돌아가기 전까지, 혹은 잠시 숨 돌릴 시간적 공간이 생길 때마다 강의실을 벗어나 감멜토르브와 뉘하운을 오갔다. 두 공간은 가까이 있었고, 매일 다른 모습으로 우리를 맞이했다. 학기가 시작되고 한 달쯤 지났을 무렵 도시 건축가 얀 겔의 특강이 열렸다. 얀 겔의 강연에서 우리는 전혀 다른 모습의 코펜하겐을 만났다. 강의실보다 더 자주 찾던 감멜토르브와 뉘하운은 사람 대신 자동차로 가득했다. 마치 영화 속 컴퓨터 그래픽처럼 비현실적이었다. 우리가 즐겼던 감멜토르브와 뉘하운은 저절로 만들어진 게 아니었다. 이는 1964년부터 시작된 코펜하겐 도시 계획의 성과였다.

덴마크 정부와 얀 겔 교수팀은 사람이 머물 수 있는 도시에 관해 연구했다. 어떻게 하면 인간을 도시에 머물게 할 수 있을까? 인간은 어떤 때 도시에 머무는가? 핵심은 차의 위험과 속도로부터의 분리였다. 사람이 앉을 수 있는 도시는 우선 차를 통제한 보행자 도로가 있어야 가능했다. 그들은 코펜하겐 시내의 보행자 도로를 한 블록씩 확장해 나갔다. 도심 외곽에 주차장을 마련하고 도심 속 주차 공간은 연간 2–3%씩 줄였다. 시민들이 스스로 교통수단을 사용하는 습관을 바꾸도록 국가 차원의 홍보와 토론회도 지속해서 개최했다.

보행자의 도로와 광장이 확장될수록 도시에 머무는 사람의 숫자와 시간이 함께 늘어났다. 지역 음식을 파는 상점이 들어섰고, 아마추어 연주자가 등장했다. 시민들은 도시를 자신의 집 거실인양 사용했다. 우리처럼 가난한 유학생도 자판기 음료를 들고 몇 시간씩 앉아 즐길 수 있게 되었다.

코로나19 상황으로 새삼 깨닫듯이 인간에게 고립은 고통이다. SNS 속에 넘쳐나는 무수한 사진과 말도 결국 연결되고 싶다는 욕망의 방증이다. 하지만 그것만으로 부족하다. 우리는 여전히 실제로 만나고 싶고 이야기하고 싶다. 표정과 눈빛을 감지하고 싶다. 감염병의 위험 속에서도 그나마 안전하게 연결될 수 있는 옥외 공간의 존재는 그래서 중요하다.

자본주의 사회에서 사적인 공간의 크기는 각자의 행복추구권에 따라 선택하면 된다. 하지만 공적인 장소에서 누릴 수 있는 것들은 누구에게나 공평하게 열려 있는 것이 좋고 많을수록 좋다. 바르셀로나, 리옹, 스트라스부르, 프라이부르크, 포틀랜드, 멜버른, 이 도시들은 길게는 50년, 짧게는 30년 전부터 그런 노력을 해 왔다. 우리가 닮고 싶은 도시의 지금 모습은, 반세기 전부터 계획하고 조금씩, 천천히 그리고 꾸준히 실천해 온 결과물이다. '조금씩, 천천히, 꾸준히!' 이것만 잘 지킨다면 우리 도시도 더 좋은 모습으로 후손에게 물려줄 수 있다.

28년이 지난 지금도 나는 코펜하겐 사람들이 나를 '환영'했다고 기억한다. 지구 반대편에서 온, 얼굴색이 다른, 커피 한 잔 값에도 손을 벌벌 떨던 유학생에게도 차별 없이 열려 있던 옥외 공간에는 앉고 머물 장소가 무궁무진했다. 우리의 도시들도 누군가에게 그런 장소가 된다면 얼마나 멋진 일인가.

베네치아, 가지 않는 것으로 응원한다

2015년 처음 베네치아를 방문했다. 혼자서 공식적인 일정 없이 열흘간 베네치아에만 머물며 먹고 즐겼다. 마침 열린 비엔날레가 있었지만 그게 여행의 목적은 아니었다. 마실 나가듯 매일 조금씩 둘러보는 것으로 만족했다.

여행 자율화라는 문화적 충격을 대학 시절에 경험한 세대답게 나는 '여행' 하면 늘 전투 병사의 심정이 된다. 첫 배낭여행은 2주 동안 열 개 이상의 도시를 이동하는 일정이었다. 때론 나도 좀 천천히 여행하면 어떨까 싶은 생각을 하긴 했다. 하지만 아시아의 작은 나라에서 온 유학생 앞에 놓인 유럽 지도에는 이왕 온 김에 가 봐야 할 도시와 건축물이 끝도 없었다. 직항을 이용한다 해도 열 시간이 넘는 비행 시간, 저렴하다 해도 백만 원이 훨씬 넘는 항공료, 거기에 초고속 압축 성장을 일궈낸 '빨리빨리' 유전자까지 결합하여 나타난 전형적인 여행 패턴이었다.

여행 자율화가 시작된 지 어느덧 30여 년이 흘렀다. 직접 본 것보다 더 정교하고 섬세한 영상 자료와 정보가 스마트폰 속에 넘친다. 한 도시에서 한 달씩 머무르며 여유로운 시간과 맛있는 음식을 즐기는 여행 습관을 따라 하고 싶었지만 쉽지 않았다. 나이가 좀 더 들고 좀 더 안정되면 가능하지 않을까 하면서 차일피일 미뤘다. 하지만 '좀 더 안정된 시기'라는 건 없었다. 앞으로도 없을 것이다. 결국 그해 덜컥 베네치아행 비행기 표를 질렀다.

하필 왜 베네치아였을까? 상상 속 베네치아는 한껏 늘어져 게으름을 즐기기에 완벽해 보였다. 나의 여행 습관을 떨구기에 최적의 장소였다. 베네치아는 유럽에서 가장 넓은 '차 없는 도시'다. 1846년과 1933년에 각각 완공된 철교와 다리로 이탈리아 본토와 연결됐지만, 모든 차는 도심 외곽의 주차장까지만 들어올 수 있다. 자전거나 오토바이도 시내를 운행할 수 없다. 여의도 면적의 세 배가 넘는 공간을 오직 인간의 다리와 수상 교통만으로 이동한다. 베네치아에서는 신호등이 있는 길을 건널 일도, 지나가는 자동차를 의식하거나 피할 일도 없다. 그저 이동하는 보행자 무리에 섞여 흐름을 타면 된다.

며칠 천국 같은 휴가를 즐기던 중 독일에서 친구들이 왔다. 그들을 통해 처음으로 베네치아의 문제, 즉 오버 투어리즘과 관련된 내용을 접했다. 지구 온난화, 대형 크루즈의 정박, 배에서 내려 값싼 피자를 먹고 하루 만에 떠나는 히트 앤드 런Hit and Run 관광객은 수년에 걸쳐 베네치아의 문화재 가치를 위협했다. 1960년대 중반부터 유네스코를 중심으로 베네치아의 회복을 돕는 전 세계적인 운동이 시작되었지만 뚜렷한 효과는 없었다. 바다의 수위는 상승했고 역사적 건축물은 보전의 위기를 맞았으며, 단기 투숙객용 숙소 값은 지역민이 사는 주택의 가격을 끌어올렸다. 1951년 17만 4,800명이던 인구는 2019년 5만 2,000명으로 줄었다.

마침 식사 중인 우리 뒤로 지나가던 거대한 유람선은 컴퓨터 그래픽으로 합성한 것처럼 비현실적이었다. '떠다니는 고층 빌딩'이라는 별명은 과장이 아니었다. 스케일이 다른 무언가가 도시를 가로지르는 장면은 폭력적이었다. 길거리에서 피켓을 들고 서명과 참여를 독려하던 비정부기구들이 그제야 보였다. 남은 여행 기간 상당 부분의 시간을, 그들의 이야기를 듣고 자료를 검색하며 내가 참여할 수 있는 방법을 찾아 고민하며 보냈다.

코로나19가 발생하고 나서 이탈리아도 초기 방역에 어려움을 겪었다. 발코니에 나와 텅 빈 골목길을 향해 노래를 부르던 이탈리아 사람들의 모습을 기억한다. 이탈리아와 베네치아는 도시를 봉쇄한 채 2020년 상반기를 보냈다. 관광객이 사라진 베네치아 대운하에서 오리, 문어, 해파리와 물고기 떼가 다시 발견되는 등 환경 측면에서는 긍정적 변화가 있었지만, 지역 경제는 직격탄을 맞았다. 65%의 인구가 관광업에 종사하는 그들은 이제 갈림길 앞에 서 있다. 한 해 대략 30억 유로에 이르는 관광 수입을 그들은 포기할 수 있을까? 베네치아는 어떤 선택을 할까? 관광객을 위한 박물관이나 놀이공원이 아닌 지역 주민을 위한 삶의 터전으로 거듭날 수 있을까?

베네치아에서의 열흘은 내게 소중한 추억이다. 기회가 된다면 다시 가고 싶다. 하지만 한동안은 '가지 않는 것'으로 베네치아의 재생을 응원한다. 코로나바이러스는 내게, 여행의 속도뿐 아니라 여행지까지의 거리를 고민해 보자고 얘기한다. 내 나라 내 지역에도 멍때리며 여유를 즐길 여행지가 많지 않냐며. 안도 다다오가 재설계한 푼타 델라 도가나Punta della Dogana 성당을 보고 나와 드러누워 물의 도시 베네치아를 바라보며 한나절을 보낸 경험을 내 아이들, 내 손자 손녀들도 할 수 있길 바란다.

동물에게 좋은 도시
모두에게 좋은 도시,
셰프샤우엔

아프리카 북부 모로코의 작은 도시 셰프샤우엔Chefchaouen은 곳곳이 온통 파랗다. 마치 지중해의 어딘가에 온 듯한 착각을 일으킨다. 지금도 마을 사람들은 자발적으로 조금씩 색을 보완한다. 매일 그 공간을 사용하는 사람이야말로 가장 훌륭한 색채 계획자라는 것을 보여준다. 집주인은 파란색이라는 커다란 공통분모 아래서 개성을 드러낸다. 통일Unity이 아니라 차이Variety가 돋보인다. 조형의 원리이기도 하고 우리 삶의 진리이기도 하다. 과감한 보색이 등장하기도 한다. 어디든지 규칙을 싫어하는 반항아는 있기 마련이니까.

한국에서 셰프샤우엔에 대한 기사를 읽을 때만 해도 큰 기대는 없었다. 온통 파란색으로 채색된 비현실적으로 아름다운 도시. 이런 곳은 막상 가보면 실망할 때가 많았다. 그곳에 사는 사람들의 삶과는 괴리된 채 놀이공원의 세트장 같았다. 한나절 걷다 보면 금세 싫증이 난다. 하지만 셰프샤우엔은 달랐다. 여리꾼과 소음으로 정신이 하나도 없던 모로코의 다른 도시와도 차별화되었다. 원주민보다 훨씬 많은 숫자의 셰프샤우엔 관광객들은 서로의 삶을 침범하지 않은 채 조화롭게 공존하고 있었다.

매일 소량의 빵을 만들어 팔며 이웃과 담소를 나누는 가게 주인, 전통 의상을 입고 천천히 계단을 오르는 부부, 파란 골목을 배경으로 뛰어노는 총천연색 아이들의 모습은 카메라를 들이대며 밀려드는 관광객의 물결 속에서도 사뭇 독립적이었다. 500년 넘는 세월을 견뎌낸 구불구불한 골목길에는 아직도 운송 수단으로 사용되는 당나귀의 발소리가 들린다. 느린 걸음으로 이동하고 앉고 머무르기에 적당한 크기의 도시. 그 사이로 난 골목과 집이 잘 보존되어 오늘을 살아내고 있다.

그들의 집, 마당, 공터에는 고양이가 가득했다. 사람을 경계하지 않고 도도하게 서성이는 고양이는 '반려'가 아닌 당당한 '주인공'이었다. 고양이와 교감을 하려면 앉지 않을 수 없다. 골목 계단에, 식당 입구에, 관광지의 필로티 아래에 우리는 수시로 앉았다. 불편한 관절을 구부렸다. 속도를 늦추고 눈높이를 낮췄다. 그게 셰프샤우엔을 제대로 즐기는 방법이었다.

여행 이후 얼마 지나 내가 근무하고 있는 대학 캠퍼스 안에 길고양이 급식소가 생겼다. 학생들이 동아리를 만들어 사료와 물을 챙기고 아픈 고양이가 있다면 치료를 돕는다. 나와 몇몇 교수는 비용을 모아 학생의 활동을 지지하고 응원한다. 시험을 치르고 나오는 학생들, 과제에 지친 학생들에게 길고양이는 위로와 웃음을 준다. 집을 떠나와 서투른 독립을 실현하고 있는 그들에게 길고양이의 존재는 절대 가볍지 않다. 하지만 캠퍼스의 고양이들은 여러 가지 이유로 셰프샤우엔의 고양이처럼 당당히 활보하지 못한다. 고양이의 성향도 각양각색이고 캠퍼스 안 사람들의 반응 또한 그렇다.

고양이와의 인연이 깊어지면서 뒤늦게 궁금하다. 셰프샤우엔을 가득 채우고 있던 그 많은 고양이의 사료는 누가 주며 대책 없이 늘어만 가는 개체 수는 괜찮은 건지, 고양이를 싫어하는 사람, 무서워하는 사람, 해코지하는 사람, 알레르기가 있는 사람과의 문제는 없는지. 여행자의 눈에는 자연스럽게만 보였던 소통과 공존의 지혜는 무엇이었을까? '사랑한다는 것'과

'함께 사는 것' 사이의 어마어마한 차이점을 넘어 그들은 어떻게 지속 가능성에 도달했을까? 현실적인 질문과 함께 그동안 생각지 못한 것들, 전혀 보이지 않던 것들이 보인다.

유럽 주요 국가들의 반려 인구는 50–80%라고 한다. 독일이 단연 1위다. 독일의 거리에는 반려견이 가득했다. 사람 반 동물 반이라 해도 과장이 아니었다. 생김새와 크기가 다양한 그들이 시내 한복판의 보행자 거리, 카페와 음식점, 놀이터와 공원, 기차, 지하철, 비행기 안에서 한 자리씩 차지한다. 그들에게 유니버설 디자인, 인클루시브 디자인 개념은 이미 동물, 동물을 동반한 사람에게까지 확대되어 있었다. 동물과 뒤섞여 살 수 있는 도시는 그곳에 사는 장애인, 임산부, 유모차를 끄는 사람들 모두에게 편리하다.

팬데믹 상황이 답답한 사람들은 조금이라도 밀폐되지 않는 공간을 찾아 숨통을 튼다. 거창하지 않지만 걸어서 쉽게 도달할 수 있는 내 이웃의 소규모 옥외 공간이 소중해진다. 아파트 단지 내 공원, 가로수길, 옥상 정원 등은 사회적 거리를 유지하며 바깥 공기를 즐기려는 사람들에게 오아시스다. 그리고 그 공간에는 예외 없이 고양이들이 살고 있다. 우리는 그들과 공생하고 있는가? 동물과의 공생이 가능한 도시라면, 그건 결국 우리 모두에게 좋은 환경일 텐데. 코로나 이후 변화할 공간의 모습에 동물이 함께 할 수 있으면 좋겠다.

충주 호암지의 산책로를 거닐며

나는 충주 호암지를 둘러싸고 있는 산책로를 자주 걷는다. 공허한 대화 대신 차분한 성찰이 필요할 때 안성맞춤이다. 집과 직장에서 모두 차로 5~6분이면 도달할 수 있어서 대단한 결심이나 계획이 필요 없다. 2.7km의 거리, 30분 정도의 시간에 나무, 꽃, 물, 물고기, 새, 하늘, 구름을 통째로 만날 수 있다. 점심 시간에 걷기에도 부담이 없다.

최근 호암지 산책로에 앉을 만한 곳이 늘었다. 바위, 돌, 주차 방지턱, 안전대처럼 용도와 상관없이 사랑받는 의자도 많고 누군가 일부러 디자인한 환경 가구도 눈에 띈다. 디자인도 점점 좋아진다. 지방자치단체의 노력 때문일 것이다. 나는 둘레길에서 벗어나 호수에 가까이 놓인 의자를 좋아한다. 의자는 둘레길을 걷는 사람들의 눈길을 등지고 놓여, 걷는 사람의 방해를 받지 않는다. 호수의 풍경을 온전히 차지하면서도 다른 이의 풍경을 가로채지 않는다. 그곳에 앉으면 시선의 용량이 늘어난다. 길의 표정, 서 있는 나무와 꽃, 호수의 크기, 하늘과 구름의 변화, 걸어오는 사람들의 옷차림과 반려동물의 모습이 다양하고 다채롭다.

걷는 속도에서 더 낮춰 멈춤을 선택하면 나의 감수성은 바람, 냄새, 색깔을 세세하게 감지한다. 풍경을 골고루 감상하는 동안 딱딱하던 몸과 마음이 말랑해진다. 뜬금없이 줄지어 선 고층 아파트를 잠시 모른 척 넘어가 줄 여유도 생긴다. 서로 새치기하며 비집고 들어선 서울 한강 변의 비싸기만 한 아파트 병풍에 비하면 봐줄 만하다.

호암지는 봄, 여름, 가을, 겨울 모두 각자의 모습으로 아름답다. 벚꽃이 흐드러지게 폈다가 눈처럼 내리고 나면 복숭아, 사과 꽃이 자태를 뽐낸다. 아침에 걸을 때와 저녁에 걸을 때, 해를 등지고 걸을 때와 마주하고 걸을 때, 공기와 나무의 색 감이 다르다. 매일 가도 지루하지 않다. 뺨에 닿는 호수의 시 원한 바람을 벗 삼아 한여름 무더위를 잘 견디면 단풍의 고혹 한 아름다움이 시작된다. 칠십 대에 전 세계 영화 팬을 후끈 달군 윤여정의 매력 같다. 봄의 찬란함과는 비교할 수 없는 깊 은 매력이다.

나무가 낙엽을 떨군 빈자의 몸으로 겨울의 짱짱한 공기를 견딜 때 호암지 둘레길의 기운은 숙연해진다. 사계절의 생로 병사를 잘 살아낸 모두에게 주어진 차분하면서도 의미 있는 시간이다. 지금 내가 즐기고 있는 호암지의 역사는 일제 강점 기까지 거슬러 올라간다. 1932년 완공된 호암지는 달천평야 에 농업용수를 대기 위한 용도였다. 11년 동안이나 되는 긴 공 사 기간에 조선인 강제 부역이 이뤄졌고 평야에서 기른 쌀은 일본군 군량미로 제공되었다. 호암지는 식민 역사의 아픔과 희생의 산물이다.

세계는 코로나19를 함께 겪었다. 그러다 보니 비교와 공감 이 쉽다. 비어 있는 도시는 전혀 예상치 못한 방법으로 사회적 활동 속에 풍성했던 일상의 소중함을 일깨운다. 디지털 문명 이 세상을 모두 연결하고 있어도, 배달 앱이 집 앞까지 음식을 가져다줘도, 화상 채팅으로 사랑하는 사람을 볼 수 있어도, 우 리는 여전히 직접 만나고 만나서 걷고 이야기하고 함께하기 를 좋아하는 사회적 동물임을 깨닫는다.

다행히 잘 극복하더라도 유사한 팬데믹 상황은 얼마든지 반복될 거라고 전문가들은 경고한다. 재난 상황에 스스로 삶을 돌보는 방법으로 삼기에도, 방역 지침을 지키면서 안전하게 사람을 만나고 대화하는 방법으로도 걷기만 한 게 없다. 걸으면서, 잠시 앉아 쉬면서 호암지를 가능케 한 조상들을 위해 묵념을 하거나 혹은 이 순간 전쟁이나 재난으로 지옥 같은 시간을 통과하고 있는 지구촌 누군가를 위해 내가 할 수 있는 일이 뭔지 생각해 보는 것도 좋겠다.

지역화를 실천하는 재래시장

어릴 적 엄마를 따라 시장으로 나서는 길은 늘 설렜다. 내 눈에 다 똑같아 보이는 채소나 생선을 엄마는 매의 눈으로 골라 담으셨다. 십 원이라도 더 깎으려고, 혹은 한 줌이라도 더 담으려는 실랑이는 어른들만 아는 놀이 같았다. 무조건 현금으로 거래하던 시절이라 손에 들린 천 원짜리 오백 원짜리 지폐를 뺏기지 않으려고 기 싸움을 하셨다.

시장 나들이의 하이라이트는 역시 먹거리였다. 김이 모락모락 나는 순대, 튀김, 꽈배기에 어묵 국물을 마시는 그 순간의 충만함이라니. 그게 좋아서 장바구니를 들고 대문을 나서는 엄마의 뒤꽁무니를 따라나섰다. 엄마는 여전히 시장을 사랑하신다. 가까운 동네 시장은 물론 동대문, 남대문, 노량진 일대의 시장까지 두루 다니신다. 하지만 내 삶에서 재래시장은 점점 멀어졌다. 결혼을 하자 신생아가 있는 집의 장보기는 자동차와 카트 없이 불가능한 탓이었다. 어쩌다 시장에 가면 재밌다는 생각은 들지만 내 일상이 되진 못했다.

덴마크, 독일, 미국의 친구들이 한국에 오면 경복궁, 창경궁 등 전형적인 여행자 코스를 거쳐 우리도 가보지 못한, 서울에서 가장 인기라는 곳들을 함께 다니며 나름 민간 외교를 자처했다. 그 어느 곳보다 그들이 재밌어 한 곳은 재래시장이었다. 충주에서 열리는 오일장에도 외국인 친구들 때문에 처음 가 봤다. 주차 공간이 마땅치 않다는 핑계로 차일피일 미루던 곳이다.

친구들은 형형색색의 몸배 바지를 식구 수대로 사면서 사이즈를 신경 쓸 필요도 없고, 가볍고 구겨지지 않아 선물로 딱이라며 기뻐했다. 김, 다시마 부각을 튀겨 올려 하나 먹어보라며 건네는 사장님의 손길에는 한국인의 정이라며 화들짝 웃었다. 쇼핑과 눈요기의 끝은 물론 먹거리였다. 친구들은 서툰 젓가락질로 매운 낙지볶음과 떡볶이를 잘도 먹었다.

생각해 보니 나도 유럽의 도시에 가면 시장부터 찾는다. 대체로 물가가 비싼 나라지만 길거리 시장에는 신선하고 저렴한 과일과 채소가 그득했다. 특히 낯설고도 아름다운 꽃 앞에서 흥분했고 그 꽃들로 나의 임시 숙소를 풍요롭게 만들었다.

몇 년 전 독일 비스바덴에 도착했을 때는 부활절이었다. 중심부 광장에서 열리는 파머스 마켓에는 지역 상인들이 가지고 나온 과일부터 야채, 달걀, 소시지, 생선까지 먹거리가 풍성했다. 특히 흰색 아스파라거스 가판대에 사람들이 길게 줄을 섰다. 내가 아는 초록색 아스파라거스에 비해 크고 통통했다. 지역 농부들이 생산하고 공급하는 4월에서 6월을 그들은 '아스파라거스 시즌'이라 불렀다.

우리가 복날 삼계탕을 먹었냐고 인사하듯이 그들은 올해 아스파라거스를 개시했느냐는 인사를 건넸다. 크림 소스, 베이컨과 함께 처음 먹어 본 흰색 아스파라거스의 맛에 한동안 푹 빠졌다. 시장 근처에는 핫도그, 아이스크림, 생과일주스를 살 수 있는 포장마차와 걸터앉을 자리가 충분했다. 먹을 것을 들고 앉으면 시장의 활기와 음식 냄새가 어우러져 몸과 마음이 풍요로웠다. 그들의 카트에는 생산지의 사진과 주소를 출력한 패널이 붙어 있었다. 내가 지금 보고 만지고 먹는 체리, 달걀이 어디서 왔는지, 어떻게 왔는지 생각하게 했다. 독일은 지금 소위 '지역화'를 위해 노력하고 있었다.

유럽의 재래시장을 추억하다 보니 궁금해진다. 타지에서는 자연스럽게 즐기는데 내 나라에서는 잘 안 되는 이유가 뭘까? 우선 대형마트가 우리 삶 가까이에 자리 잡고 있다. 인간의 몸은 편리함에 쉬이 익숙해지므로 이상적이고 윤리적인 가치를 인식하는 것만 가지고는 삶의 습관을 바꾸기 어렵다. 한 달에 몇 번 휴일을 의무화하는 것으로 재래시장 활성화에 도달하기 어려운 이유다. 휴일 전에 미리 장보기를 독려하는 마케팅으로 활용될 뿐이다.

지금 내가 어떤 이유로 재래시장으로 가는 발길을 멈추든 간에, 우리나라를 포함해 세계의 많은 나라들은 꾸준히 대형마트와 재래시장의 상생과 공존을 고민한다. 재래시장이 가진 장점과 매력, 가치 때문일 것이다. 재래시장에서는 물건보다 사람을 먼저 만난다. 계산을 하기 전에 말을 섞는다. 특히 내게는 공부의 현장이 되기도 한데 풀, 꽃, 나물, 생선 등 처음 보는 것들 앞에서 바보가 되어 버리는 나 같은 사람에게 시장 상인은 스승이다.

그것들이 어떤 경로를 통해 내 밥상까지 오는지를 살피는 것은 시장이라는 공간을 훌쩍 넘어선 공부의 주제다. 내 이웃에서 재배하는 과일이나 채소는 썩어 나가는데 지구를 반 바퀴 돌아 들어온 과일과 채소를 먹고 있는 건 아닌지, 누가 그런 유통 시스템을 만든 것인지까지 고민의 범위가 확장된다. 결국 땅, 생명, 삶, 순환, 윤리, 지구, 미래, 행복과도 같은 거대한 단어들과 마주하게 된다.

우리가 참고할 만한 성공 비결이 제법 있다. "도심에는 대형 마트 입점을 제한하거나 재래시장으로부터 일정 거리를 유지할 수 있게 하고, 인근에 있는 대형마트와 재래시장의 품목을 차별화하고, 편의 및 기반 시설은 공동으로 사용하게 하는 것, 유명 관광지나 쇼핑 명소와 연계하고, 쇠퇴하는 전통시장에 대형마트를 유치하여 핵점포로 육성 후 활성화하는 것 등이다."(노화봉, 정남기,「사례 연구를 통한 전통시장과 대형마트의 동반성장 방안」,《질서경제저널》, 제19권, 4호, 83쪽에서 요약 및 정리) 이러한 방법으로 성공한 국내외 사례를 따라 배우면 된다.

헬레나 노르베리 호지Helena Norberg-Hodge는 그의 책 『로컬의 미래』(최요한 옮김, 남해의봄날, 2018)에서 지역 사회의 다양한 풀뿌리 운동을 제안한다. 즉, "지역화를 세계화하는 것, 대대적으로 소규모가 되는 것"(162쪽)이다. 재래시장이야말로 그 실천과 실험의 현장이 아닐까.

명동을 중심으로 한 구도심을 걷다

종종 생각한다. 정년 퇴임 이후에 어디에 살까? 그 질문은, 내게 고향은 어디일까로 이어진다. 열 살 때까지 충무로의 주상 복합 아파트에 살았다. 마당도 골목도 없고 이웃 간의 정도 싹트기 어려웠던 아파트에 대한 긍정적인 기억은 거의 없는데, 신기하게도 나는 '고향' 하면 곧 명동을 중심으로 한 서울의 구도심이 떠오른다. 무지개 극장에서 본 〈로보트 태권 V〉, 별들이 가슴으로 떨어져 안길 것 같았던 천체투영관, 창경궁이 창경원이던 시절 코끼리를 보던 날의 인파가 여전히 생생하다.

일요일이면 엄마를 따라 명동 성당에 갔다. 마냥 우리 동네 성당인 줄 알았던 그곳은 1898년 축성된 역사적인 건물이었다. 고딕의 높은 천장에 압도된 내 기억 속 성당은 퀼른 성당만큼이나 웅장했다. 미사 시간이면 성당 안은 늘 사람으로 꽉 찼고 미사를 마치고 밖으로 나와서도 마찬가지였다. 내가 기억하는 한 명동은 언제나 북적이는 인파로 가득했다. 나는 혹여라도 길을 잃을까 싶어 엄마의 치맛자락을 꼭 쥐었다.

구도심과의 인연은 대학 졸업 후 롯데백화점 디스플레이어로 일하며 다시 이어졌다. 명동은 그때만 해도 영화, 쇼핑, 먹거리의 중심지였다. 길거리 상점에서 흘러나오는 음악이 흥겨웠던 당시의 골목골목이 생각난다. 동료들과 그 골목을 누비며 마네킹에 신길 스타킹이나 양말과 같은 소품을 사러 다녔다. 어느덧 30여 년 전 일이다. 지금 명동은 한때 한국말보다 중국말이 더 흔히 들리던 시절을 지나 급격히 한산해졌다. 목이 좋은 상가 1층에도 '임대' 표시가 붙었다.

기온은 영하지만 한낮 햇살이 제법 따사로운 2월의 어느

날 명동에 나갔다. 최근 화제가 된 명동 성당 앞 에스프레소 바의 야외 공간에는 사람이 그득했다. 넉넉한 발코니 공간에 앉으니 찬 공기가 싫지 않았다. 에스프레소 맛과 향도 좋고 프레임 없이 펼쳐지는 명동 성당, 남산 타워의 모습이 손에 잡힐 듯했다. 식음 공간이 아닌 명동 거리에 나 앉아 있는 느낌이었다.

명동 성당으로 올라가는 층층계 양옆에 놓인 벤치에도 빈자리가 거의 없었다. 야외 스피커에서는 친숙한 클래식 연주곡이 조용히 흘렀다. 진입로 우측으로 한 걸음 비켜선 자리에는 성당을 향해 나란히 앉아 대화를 나누는 이들이 보였다. 초를 봉헌하고 각자의 기도에 머무를 공간도 있고 노숙자로 보이는 사람들의 휴식처도 보였다.

성당 마당에서 연결된 지하 공간에도 앉을 곳은 이어진다. 카페, 아트숍, 책방이 지친 몸을 쉬어 가라고 유혹한다. 우리나라 시민 의식이 성숙해졌다고들 하는데, 성당 주변에서는 더욱 분명히 느낀다. 종교 시설이 가진 특별한 아우라 때문일까? 인기척이 사라졌다던 명동에 이렇게 앉을 곳이 다양하다니 반갑다. 앉을 곳이 더 많아지면 사람들은 다시 명동을 찾을 것이다.

지난 2021년 말 신세계 백화점의 미디어 파사드 〈매지컬 홀리데이Magical Holiday〉가 모처럼 시민들을 시내로 불러 모았다. 디자인 이벤트가 도심에 활력을 준 좋은 사례다. 140만 개 발광다이오드 칩 위에 오케스트라, 나팔, 폭죽 장면이 건물 외벽 전체에 펼쳐졌다. 신세계 백화점 유나영 부장은 코로나로 어려운 시기에 시민들에게 '온기'를 주고 싶었다고 했다.

신세계의 크리스마스 장식은 거리두기가 필요한 코로나19

상황에 적합했다. 시민들은 멀찌감치 흩어져서 매지컬 홀리데이를 즐겼다. 움직이는 이미지가 건물을 캔버스 삼아 펼쳐지자 인근 사무실과 카페는 명당자리가 되었다. 백화점 장식의 긍정적 효과가 물리적으로도 확장되었다.

명동 거리를 걷다 보니 주요 도로 몇 군데에는 누군가 디자인한 것으로 보이는 스트리트 퍼니처가 놓여 있었다. 하지만 앉아 있는 사람은 거의 없었다. 분명 날씨 때문은 아니다. 같은 기온에도 성당 앞 야외 카페에는 빈자리가 없을 정도였으니까. 자동차 때문도 아니다. 이곳은 보행자 전용 도로다. 누군가 애써 만든 디자인인데 외면당하고 있다. 바로 그런 장면을 볼 때마다 사용자의 입장이 되어 질문을 던져본다. 이 의자에 사람들이 앉지 않은 이유가 뭘까?

얀 겔은 "한 도시의 질은, 얼마나 많은 사람이 얼마나 오래 그 도시의 옥외 공간에 머무느냐에 달렸다."고 했다. 도시에 한가득 앉아 있는 사람들이 아니라면 우리는 유럽의 도시를 지금처럼 동경하지 않을 것이다. 사람들은 의자, 벤치는 물론 분수대 앞의 계단, 창문의 턱, 광장의 바닥에도 기꺼이 앉는다. 햇살이 좋은 곳, 전망이 좋은 곳, 음악이 있는 곳 등 이유도 다양하다. 최근 명동의 모습에는 도시에 사람을 머물게 하고 싶다면 해야 할 것과 하지 말아야 할 것이 공존한다. 그렇다면 고쳐야 할 것과 지켜야 할 것도 분명해진다. 내겐 고향 같은 명동에 다시금 사람의 물결이 넘치길 바란다.

대한민국 서울, 광장의 진화

1994년 여름 배낭여행 중 도착한 밀라노역은 심상치 않은 분위기로 꽉 차 있었다. 불안감이 느껴질 정도였다. 역사를 빠져나오자 국기로 만들어 입은 현란한 복장에 화려한 페이스페인팅을 한 시민들이 보였다. 친구 가운데 누군가가 "아, 월드컵!"이라고 외쳤다. 그날은 바로 이탈리아 대 브라질 결승전이 있던 날이었다. 경기 시작까지는 아직 멀었는데 도시는 이미 흥분과 광란의 도가니였다.

여행자인 우리도 남의 나라 결승전을 응원하며 축제의 일원이 되었다. 결국 이탈리아는 연장전까지 가는 접전 끝에 브라질에 패했고, 잠시 열 받아 하던 그들은 특유의 낙천성을 발휘해 술잔을 부딪치며 춤추고 놀았다. 우리는 이탈리아에 몇 년 산 사람처럼 그들과 뒤섞여 거리를 활보했고, 광장 바닥에 누워 밀라노에서의 첫 새벽을 맞았다.

지금도 그렇지만 축구를 잘 몰랐던 나는 축구 경기 때문에 도시 전체가 뒤집힌 현상이 놀라웠다. '도시가 이렇게 사용될 수도 있구나'라는 깨달음은 첫 유럽 여행에서 유명 건축물의 실물을 마주하고 느낀 감동보다 더 오래 내 몸과 마음에 남았다. 그 후 2002년 월드컵. 한국도 밀라노에서의 경험을 뛰어넘는 스케일의 광기와 집단적 흥분 상태를 겪었다. 사람들은 너나 할 것 없이 광장으로 뛰어나왔다. 도시에 대한 대중의 생각을 바꾼 결정적 계기였다. 붉은 악마 티셔츠를 입고 '오 필승 코리아'를 부르며 광화문 광장 바닥에 엉덩이를 대고 앉게 될 줄 누가 생각이나 했겠는가.

광장에 얽힌 또 다른 경험을 말해 보려 한다. 밀라노 월드컵

결승전으로부터 2년 뒤인 1996년 여섯 명의 여자아이를 납치하고 학대한 뒤 그중 네 명을 살해한 벨기에의 연쇄 살인범 마르크 뒤트루Marc Dutroux의 잔혹한 범죄가 만천하에 드러났다. 사건 이후 벨기에는 물론이고 많은 유럽 도시의 광장에는 촛불을 든 시민들로 가득 찼다. 내가 머물던 코펜하겐에도 촛불 집회가 있어서 참여했다. 나는 평화적인 집회 자체가 생소했다. 차분하고 조용한 촛불 집회는 사건만큼이나 충격이었다. 나도 친구와 함께 자리를 차지하고 앉아 촛불을 들고 침묵 속에 머물렀다. 같은 장소에 있다는 것만으로 뭐라 표현하기 어려운 커다란 연대감이 생겼다.

인상적이었던 것은 집회의 지향점이었다. 범죄자를 향해 분노를 표출하거나 처벌을 요구하려는 게 아니었다. 우리 사회가 어쩌다가 이런 흉악범을 만들어냈는가를 반성하고 성찰하며, 집단 지성을 통해 해결 방안을 모색하는 자리였다. 중간중간 극단적이고 비약적인 논리로 튀어나오는 사람이 있었으나 훨씬 많은 사람이 집회의 분위기를 평화적으로 이끌었다. 덕분에 그들의 집회는 느리지만 끈기 있게 하나의 방향으로 나아갔다. 사건을 다루는 언론의 태도는 성숙했다. 당시만 해도 그런 모습은 민주주의의 선진국에서만 가능한 것으로 생각했다.

2016년 겨울 서울의 광장은 촛불 혁명으로 다시 열렸다. 내땅에서 경험한 대규모 평화 집회였다. 다이내믹 코리아, 천만 인구가 사는 수도다웠다. 사진을 본 독일 친구는 합성인 줄 알았다고 했다. 기억하다시피 평화로운 집회였고 안전하고 질서 정연했다. 무엇보다 축제의 현장이었다. 예전에 파리지엥들이 걸핏하면 피켓을 들고 시위하면서도 어깨동무하며 흥겨워하던 모습이 생각났다.

1980년대까지 독재 정권에 맞서는 투쟁의 장소였던 광장은 이제 문화예술 행위의 현장이자 직접 민주주의의 용광로다. 사람들이 모이자 공연장, 전시관, 카페, 휴식 공간, 열린 화장실도 생겼다. 그곳에서 우리는 희로애락을 풀어낸다. 때론 개인적으로 때론 집단적으로. 대개 자발적이고 평화적이다. 가능하면 좋은 일 기쁜 일 즐거운 일로 광장에 앉길 바라지만 그게 불가능하다는 것도 안다. 우리 삶이 노엽고 슬픈 일 없이 구성될 리 없기 때문이다.

도시에 광장이 있어야 할 이유가 뭘까? 사람들은 무리가 있는 곳에 가길 즐긴다. 모이고 머물고 연대하고 목소리를 내고 싶어 한다. 시에나의 캄포 광장처럼 전 세계인의 사랑을 받는 곳은 물론이고 우리 주변에서 흔히 만날 수 있는 작은 광장, 공원, 공터를 봐도 알 수 있다. 우리는 타인과 섞여 머물 수 있고, 앉을 수 있고, 시간을 보낼 수 있는 도시, 건물, 공간을 사랑한다.

월드컵과 촛불 집회로 새롭게 광장을 사용해 본 우리는 더 자주, 더 자유롭게 광장을 활용하고 싶다는 욕망을 갖게 되었다. 전문가들은 도시에서 사라져 버린 역사와 삶의 흔적을 찾기 시작했고, 정부와 지자체는 그동안 생각지 않던 도시의 기능과 역할에 대해 고민했다. 서울 시청 앞과 남대문 주변처럼 걸어서 접근할 수 없었던 도시 중심부를 이제는 자유롭게 오

갈 수 있다. 시청 앞 광장은 다양한 행사로 열려 있고, 가족 단위의 소풍과 스포츠가 가능하다. 이 모든 것은 개발 논리를 따라 허겁지겁 달려온 도시 계획을 반성하며 인간을 위한 도시, 인간의 삶을 담는 그릇으로서의 도시 기능과 역할에 대해 고민한 결과들이다.

앞으로도 내가 경험하지 못한 더 다양한 목적으로 도심의 광장을 사용하고 싶다. 그곳에서 광장이 아니라면 절대 만날 수 없는 이질적인 존재와도 부딪히고 싶다. 그게 바로 우리가 광장을 만든 이유다.

내가 있던 그곳,
지금 다시 이 자리에서

코로나로 위축된 해외여행 덕분에 내 나라를 다시 보게 되었다는 사람이 많다. 지구 구석구석 안 가본 곳이 없는 지인 신부님은 국내 여행의 재미에 푹 빠졌다. 나도 그렇다. 주말마다 내가 사는 곳에서 멀지 않은 곳을 찾는다. 18년 전 처음 충주에 내려와 반경 50km 내외는 섭렵했다고 생각했는데 아니었다. 안 가본 곳, 몰랐던 곳, 가보고 싶었는데 미뤘던 곳, 또 가봐도 좋을 곳들이 줄을 이었다. 수주팔봉부터 추평저수지, 삼막이길, 삼탄유원지, 백운산 휴양림, 화양구곡까지 후보지가 넘친다. 이렇게 가까운 곳에 이렇게 아름다운 곳이 이렇게 많음에 감탄한다.

왜 여태 몰랐을까? 등잔 밑은 왜 그저 어둡기만 했을까? 잠시 남 탓을 하자면, 십 대에 만난 선생님들은 아무렇지 않게 내 나라를 폄하했다. 국토의 70%가 산지라는 사실은 왠지 부정적이거나 불리한 조건으로 들렸다. 소나무가 우리 산림 생태계의 대표 수종임을 알려 주시며, 이쑤시개를 만드는 것 외에는 쓸모가 없는데 전국 임목지의 26%나 차지함을 한탄스레 강조하던 선생님도 기억난다.

세계사, 국사 수업은 시대와 사건을 순서대로 암기하는 시간이었지 세계관, 역사관을 구축해 주지 못했다. 미국과 일본에 대해서는 물질적인 열등감을, 유럽의 나라에 대해서는 문화적인 열등감을 체화한 채 살았다. 내 입에서도 '미국이라면, 일본이라면'이라는 말이 습관적으로 튀어나왔다. 내가 서 있는 위치를 제대로 알지 못한 채 주변과 세계, 자연과 우주를 이해한다는 것은 불가능했다.

이십 대 후반에서 삼십 대 후반까지 약 10년 동안 제법 많은 해외 도시에서 살고 여행했는데 돌이켜 보면 나는 자기 객관화에 서툴렀다. '경계에 서지' 못했다. 큰 자본과 깊은 문화적 자극 앞에서 나를 잃어버릴 때가 많았다. 낯선 풍경, 문화, 타자들 사이에서 그저 놀랍고 흥미로웠다고나 할까. 덴마크에 처음 갔던 것은 뉴욕에서의 유학 생활 중이었다. 따뜻하고 상냥하며 개방적인 사람들, 행복 지수 상위권 나라답게 타인을 향한 여유, 존중, 배려가 넘치는 그곳에서 선진국의 삶이란 이런 것이구나 하며 부러워했다.

물론 덴마크나 덴마크인이라고 해서 완벽한 건 아니다. 처음에는 온통 키 크고 날씬한 사람들만 보였는데 이 나라에도 비만과 성인병이 문제다. 부럽기만 했던 사회 보장 제도나 이민자 정책에도 고민과 갈등이 있다. 완벽한 국가 의료 보험 시스템을 갖춘 줄 알았는데 치과는 우리나라처럼 예외가 많다. 물가는 지갑을 열 때마다 가슴을 졸여야 할 정도로 비싸고, 무엇보다 음식이 맛이 없다. 함께 식사할 때마다 훌륭하다며 호들갑을 떨었으므로 덴마크 친구들이 알면 기절할 일이지만, 전에는 왜 인식하지 못했을까 싶을 정도다.

하지만 그들에게는 다른 나라 사람들에게서 잘 보기 어려운 '겸손하면서도 과하지 않은 당당함'이 있었다. 그들은 종종 "우리는 작은 나라이고 프랑스나 이탈리아처럼 유명하지 않다."는 말로 시작한다. 하지만 곧, 덴마크의 국기나 축구팀, 칼스버그 맥주, 건축가 아르네 야콥슨Arne Jacobsen을 얼마나 자랑스러워하는지에 대해 한 시간 넘게 떠든다. 그런데도 이상하게 거부감이 들지 않는다. 그들에게는 있는 그대로의 자신을 드러내고 사랑할 수 있는 용기가 있었다. 그 용기가 세상을 바라보는 객관적 관점을 가능케 했다.

내가 누구인지, 어떤 디자이너인지, 어떤 것에 기뻐하고 슬퍼하는지, 나를 움직이는 에너지의 근원은 무엇인지, 나는 어떤 역사를 관통해 온 사람인지, 나는 어떤 지리적 여건 속에서 성장해 왔는지를 묻고 공부하고 기억해야 한다. 이 모든 것이 겸손하면서도 과하지 않은 자존감의 근원이다.

문득 돌아보니 늦었지만 내게도 그런 당당함이 차오른다. 이는 경계에 서서 바라볼 수 있는 내공의 다른 이름이다. 그 당당함이 부디 나의 책 속 문장 곳곳에 녹아 있길 희망한다. 책 속에 자주 등장하는 사례와 시점은 어쩔 수 없이 내가 경험한 시공간—서울, 충주, 코펜하겐—의 한계를 지닌다. 이후 공부와 성찰, 성장과 경험을 통해 깊어지고 넓어지길 노력하고 희망했으나 얼마나 성취했을지 모르겠다. 부족한 부분을 발견해 다음 책의 동력으로 삼겠다.

박노해 시인의 시는 긴 집필 기간에 쉴 수도 도망갈 수도 없는 상황마다 위로와 채찍이 되었다. 나의 장황한 에필로그가 그의 정제된 언어로 전부 설명된다.

여행은 혼자 떠나라

여행을 떠날 땐 혼자 떠나라
사람들 속에서 문득 내가 사라질 때
난무하는 말들 속에서 말을 잃어 갈 때
달려가도 멈춰서도 앞이 안 보일 때
그대 혼자서 여행을 떠나라

존재감이 사라질까 두려운가
떠날 수 있는 용기가 충분한 존재감이다

여행을 떠날 땐 혼자 떠나라
함께 가도 혼자 떠나라

그러나 돌아올 땐 둘이 손잡고 오라
낯선 길에서 기다려온 또 다른 나를 만나
돌아올 땐 둘이서 손잡고 오라

『그러니 그대 사라지지 말아라』,
박노해 지음, 느린걸음, 2010, 176쪽